UNREAD

抱住我崩溃的大脑

崩れる脳を抱きしめて

[日] 知念实希人 著　王路漫 译

天津出版传媒集团
天津人民出版社

图书在版编目（CIP）数据

抱住我崩溃的大脑 /（日）知念实希人著；王路漫译. -- 天津：天津人民出版社, 2025.8. -- ISBN 978-7-201-21179-4

Ⅰ.I313.45

中国国家版本馆CIP数据核字第2025P7J262号

KUZURERUNO WO DAKISHIMETE
Copyright © 2020 Mikito Chinen
Originally published in Japan in 2017 by Jitsugyo no Nihon Sha, Ltd.
Simplified Chinese translation rights arranged with Jitsugyo no Nihon Sha, Ltd. through Maxinformation Co., Ltd. , Tokyo.
Simplified Chinese edition copyright © 2025 UNREAD SKY CULTURE MEDIA LIMITED Co., Ltd.
All rights reserved.

著作权合同登记号图字：02-2025-063号

抱住我崩溃的大脑
BAOZHU WO BENGKUI DE DANAO

出　　　版	天津人民出版社
出 版 人	刘锦泉
地　　　址	天津市和平区西康路 35 号康岳大厦
邮政编码	300051
邮购电话	022-23332469
电子信箱	reader@tjrmcbs.com

选题策划	联合天际·U 工作室
责任编辑	李佳骐
特约编辑	刘冰夷　卢文雅
美术编辑	梁全新
封面设计	沉清 Evechan

制版印刷	河北鹏润印刷有限公司
经　　销	新华书店
发　　行	未读（天津）文化传媒有限公司
开　　本	889 毫米 ×710 毫米　1/32
印　　张	12
字　　数	177 千字
版次印次	2025 年 8 月第 1 版　2025 年 8 月第 1 次印刷
定　　价	49.80 元

关注未读好书

客服咨询

本书若有质量问题，请与本公司图书销售中心联系调换　　　　未经许可，不得以任何方式
电话：(010) 52435752　　　　　　　　　　　　　　　　　　复制或抄袭本书部分或全部内容
　　　　　　　　　　　　　　　　　　　　　　　　　　　　　　　　　　版权所有，侵权必究

目录

序幕　I

第一章　从钻石鸟笼中展翅飞翔　1

第二章　追寻她的幻影　213

尾声　369

序幕

我从只有两节车厢的火车上走下来,环顾四周。站台上空荡荡的,除了我以外连个人影都没有。我走向满脸睡意的工作人员,出示了车票,走进有高高的木制天花板的车站大厅。粗大的柱子上显眼的污渍,彰显着深深刻印在这座建筑上的年代感。

我没有停留,侧身走过左手边的土特产小店。出了车站大厅,小巧整洁的环岛映入眼帘。一块写着"出租车停靠站"的牌子醒目地立在那儿,却不见待客车辆的踪影。

我抬头看去,正对面是一片寂静的住宅区,远处的小山隐约可见。

早春的风吹过,地面上的落叶纷纷起舞。但我却没有感觉到寒意,腹腔深处仿佛有一团火焰,炙烤着我的身体。

我一直等待着这一刻的到来,从听闻她——弓狩环死去的那一天开始,一直在等待。

弓狩环……由香里……她那水晶雕塑般的美和转瞬即逝的微笑始终在我的脑海里盘旋。快了,那个让她从我面前消失的罪魁祸首马上就要出现在面前了。

我把手捂在胸口平复了一下情绪。一只黑猫悄然而至。那只戴着红项圈的猫从我面前经过,向我投来一瞥,跳到旁边的长椅上洗脸去了。

"坏兆头。"

我苦笑着,隔着夹克的表层碰触内侧的口袋。里面坚硬的触感传到掌心。我已然做好了用上它的心理准备。

猫儿不知什么时候梳洗完了,斜倚在那儿"喵"了一声,发出催促般的叫声。大概是让我从它的领地离开吧。

知道了,这就走。

我没有无休无止地等待出租车的耐性,抬头看了看远处的小山,加快脚步朝那边飞奔而去。

为了实现在那家医院邂逅的女子——弓狩环的遗愿,我踏上了这次旅途。

第一章

从钻石鸟笼中展翅飞翔

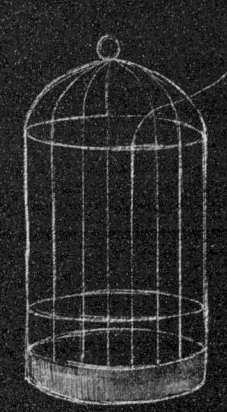

1

柔和的日光透过巨大的玻璃窗洒进来。我走过铺着长毛地毯的长廊,暖暖的阳光照在脸上。窗外的防风松林深处一片蔚蓝。白色的波浪在一望无际的海面上不断绘出条纹,阳光照到水面上,波光潋滟。

我眯起眼睛,享受着眼前的美景。叶山岬医院是一家建在神奈川县叶山镇海边的疗养型医院,所有病房都是单间,面向富人阶层。此刻,我正在这所医院的三层。

"好,这是最后一位了吧……"

我从白大褂的口袋里掏出患者的病历表,看了一眼手表,时针刚过三点。

上午是医院概况的介绍，下午开始查房，现在只剩下最后一位患者了。

弓狩环　二十八岁　胶质母细胞瘤

看到这些，我用力地抿了一下嘴唇。胶质母细胞瘤，恶性程度最高的脑肿瘤。

这样看来，这家医院也兼有临终关怀的作用。我突然想起那位身材健壮的护士长在迎新会上说的话。

这里也是一家临终安养院，能让那些身患绝症的患者以平稳的心态迎接生命的最后一刻。说得更准确一点，这所建在海边的医院，看上去非常像一家高级酒店。

二十八岁，只比我大两岁。我心情有些沉重，继续沿长廊往前走，然后在尽头左转。十多米的走廊中只有一扇门。

这座医院的建筑呈"コ"字形，环绕中庭而建。最上面的那一层有一间特殊的病房。

我敲敲门，里面立刻传出"请进"的声音。推开门，一股寒冷的空气扑面而来。

这是一间宽敞得超乎想象的房间。正对面的墙上有一扇大窗子，柔和的光透过有蕾丝花边的窗帘照进屋里。

入口一侧是浴室和卫生间，对面摆着皮革沙发和玻璃矮桌。书桌等有古典风味的木头家具营造出一种奢华感。一直顶到天花板的书架上摆着一些画册和外国风光图片集，墙上装饰着浓墨重彩的油画。屋里还配有客房和厨房。如果不看窗边摆的那张病床的话，这里看起来跟高档酒店的套房一模一样。

得付多少钱才能入住这样的病房呢？环顾着房间，我不禁微微皱起眉头。敞开的窗子前面，有位身材纤弱的女子坐在椅子上，她有一头长长的黑发，手里拿着画笔和调色盘，面朝画架上的画纸。

我凝望着她的侧影，那挺直的鼻梁和长长的睫毛映入眼帘。这时，她把脸转向我，柔软的头发轻轻摇曳。

"嗯？您是哪位？"她在天蓝色的衬衫外面罩了一件羊毛衫，此刻正抬起微微低垂的眼帘，直视着我。

"初次见面，我是实习医生碓冰苍马。"

女子微微颔首，像喃喃自语似的重复着"碓冰……苍马……"这几个字。

"碓冰峠的碓冰，蓝色马匹的苍马。"[1]

我用一贯的说法解释道，但是女子没什么反应，看起来好像是对汉字比较生疏。

"嗯，好吧。"女子轻轻地将双手交叠在胸前，"碓冰医生。我就称呼您碓冰医生吧。对，护士们的确说过今天有新医生来。"

"我会在这儿实习一个月。今后请多关照，弓狩女士。"

"……由香里。"

"嗯？什么？"

"我姓氏的发音是'YUGARI'，但我不喜欢中间的浊音'GA'，想换成'KA'，所以就请大家叫我由香里。碓冰医生也这么叫吧。"[2]

这位自称由香里的女子稍微抬高下巴，视线慢慢上移。

"那好吧……由香里女士。"

"您好，碓冰医生，那么您来这里有何贵干？"

---

[1] 碓冰峠是位于群马县和长野县交界处的一座山。在日语中，蓝色马匹写作"蒼い馬"。
[2] "弓狩"在日语中的发音是"YUGARI"，把中间的浊音"GA"换成清音"KA"之后是"YUKARI"，可以翻译成"由香里"。

她的脸上浮现出少女般天真的笑容。

"我是来查房的……"

忽然，一股强劲的风从窗口刮进来。由香里按住被风吹乱的黑发。

"不冷吗？"

尽管天气很好，但毕竟才二月。况且这个房间跟其他朝向庭院的病房不同，这间的窗户正对着岬角的尖端，潮湿的海风可以直接灌进来。

"这儿有电热毯，那边还有一台暖气，尽管有点冷，但还是可以忍受的。"由香里指了指膝盖上的毯子和烧油的暖气。

"忍受是可以忍受，但是把窗户关上不是更好？"

"那样的话，海潮的味儿就进不来了。"

她手中的画笔游走在画纸上，每落下一笔，海面上就掀起白色的波浪。

"海潮的气息、风的呼啸、冬天凛冽的空气，这些我都想去感受，因为觉得很可惜……"

"那个……弓狩女士。"

"应该是由香里。"由香里用嘴唇做出"へ"的形状。

我慌忙改口叫了一声"由香里小姐"，她的表情缓和下来，问道："怎么了？"

"很抱歉，我想为您做检查，能否请您躺在床上？"

"哇，好认真。院长先生一般就问一句'感觉怎么样呀'之类的。"

作为实习生的我是不能那样敷衍了事的。

"院长是院长，我是我。"

"明白啦，医生。"由香里用调侃的语气说道，同时关上窗户躺在了床上。

"失礼了。"我从白大褂胸前的口袋里取出钢笔灯，照向由香里的瞳孔。光的反射使瞳孔迅速缩小，棕色的虹膜折射出淡淡的光。

检查完她的面部、口腔和颈部之后，我伸手去拿挂在脖子上的听诊器。

由香里微微垂下目光，把衬衫下摆卷起来。

"啊，没关系。可以隔着衣服听诊。"

我说了一句"失礼了"，从她的领口开始听诊。

"请大口深呼吸。吸气……呼气……吸气……"

听完呼吸的声音，我让她屏住呼吸，开始听心率。我把注意力集中在这种震颤着鼓膜的生命节拍上。

"好了，放松，没事了。"我把听诊器拿开，又挂回脖子上。

"检查结束了?"

"是的,今天的结束了。"

"有什么不好的地方吗?"

"没有什么异常。"

"看吧,我的身体也没有那么糟糕。"由香里坐起来,嘴角泛起自嘲般的微笑,"随时可能会死之类的说法,根本不可信吧。"

她仿佛没看到不知如何回答的我,兀自下床打开窗户。冬日凛冽的空气瞬间涌了进来。

"不好意思,有点胡言乱语。好久没跟年轻的男生聊天了,有些兴奋。"

隐隐约约的海潮声从遥远的地方传来。波浪撞到岬角上,大概会粉身碎骨吧。

"又听到波浪的声音了。我的老家也在海边,不过是在濑户内海,那儿的海上没什么波浪。波涛声真好,让人内心平静。"

为了掩饰心中的别扭感,我飞快地说了一句,由香里的脸上却掠过一丝阴影。

"我不喜欢海浪的声音。听,它们好像有恒定的节奏。这可不妙,听上去像倒计时。"

"倒计时？什么意思？"

"……'炸弹'呀！"由香里戏谑地努了一下嘴，指着自己的太阳穴，"这里埋了一颗'炸弹'。虽然不知道什么时候炸，但它是颗一定会爆炸的'定时炸弹'。"

我转过头，望着由香里。胶质母细胞瘤是一种极其脆弱的肿瘤，有很多患者因为大脑部分坏死引起脑出血而死。即使没出现脑出血的情况，它也会持续增大，在不久的将来夺走她的生命。从这个角度来说，胶质母细胞瘤的确是颗"定时炸弹"。

"听着海浪的声音，我感觉自己所剩无几的时间正在被波浪侵蚀，大脑仿佛从内部一点点崩溃。"

我望着由香里洋溢着微笑却十分悲伤的侧脸，呆呆地站着。

"啊，抱歉。突然听到这些，你一定很困惑吧。仿佛一瞬间被可怜兮兮的女主人公附体了，请别介意。检查结束了？那我可以画画了吧？"

"啊，可以可以。不好意思，打扰了。"

我慌忙欠欠身，说了句"失礼了"，朝门口走去。握住门把手的那一瞬间，背后传来一声呼唤："碓冰医生。"我转过身，和握着画笔的由香里四目相对。

"明天还来查房吗?"

"嗯,当然,我要在这家医院实习一个月呢。"

"那么,明天见了。"

由香里纤细的手轻轻地冲我挥了挥。

"如果今天晚上,'炸弹'没有爆炸的话。"

2

"说起来,那个时候来接我的肯定是我家那位。"

我"啊"了一声,作为对这个兴高采烈的老妇人的回答,连自己也说不清是应和还是叹息。在叶山岬医院实习的第二天,上午查房时,我被这位叫梅泽花的九十多岁的患者抓住,听她回忆往事。

"他冒着像今天这么大的雨,连伞都没带,就跑来看我。"

梅泽花坐在安乐椅中,望着下着瓢泼大雨的窗外。她连十米之外都看不清楚,却幸福地眯起了眼睛,仿佛看到了死去的丈夫。

"真是位不错的先生啊。"

"是啊,非常不错的人……"

尽管打断别人的追忆是不礼貌的，但如果不在这个当口及时打住的话，不知道我还要陪着她聊多久。于是我小声说了句"失礼了"，关上了病房的门。

长长的走廊一直往前延伸。叶山岬医院的三层一共住着十二位患者。其中也有因脑梗后遗症等意识不清的人，但大部分是喜欢聊天的高龄患者。

接下来是最后一位了。我疲惫地往长廊深处走去，在尽头转弯，最后一间病房出现在右手边。那是弓狩环——那位有着独特气质的女子的房间。

我敲了敲门，听到一声"请进"，便打开房门。由香里正坐在沙发上，欣赏着矮桌上一本打开的画册。

"你好，碓冰医生。"

"你好，弓狩……"

看到她皱起了眉头，我慌忙改口叫了声"由香里小姐"。由香里边用戏谑的语调说"这就对了"，边微微颔首。

"身体感觉怎么样？"

"没什么特别的变化，脑袋里面的'炸弹'暂时也没动静。"

"是吗？嗯，今天没画画啊。"

"昨天那幅刚刚画完,现在翻翻画册,为下一幅画培养一下灵感,稍微过一会儿再开始画。"

"这么快就开始画下一幅?为什么这么急呢?"

听到我随口问出的问题,由香里只是伤感地笑笑,并没有回答。

她可能是听到了什么不好的消息吧。我试图换个话题,把视线落在桌上的画册上。打开的那一页画的是一池睡莲。

"怎么觉得这幅画好像在教科书里看过似的?"

"你不知道莫奈的《睡莲》吗?"

"不好意思,我对艺术一窍不通……"

"艺术可以丰富人生啊。"由香里把画册的这一页翻过去。

"这是在生活富足的前提下才能追求的奢侈吧。"

我不由得流露出了不快的语气。由香里稍微往前翻了翻那本书,然后抬起头望着我。恍惚间,我有一种被她浅棕色的瞳孔吸进去的错觉。

"碓冰医生,你今天有点不耐烦啊?"

被她一句话戳中心事,我一时语塞,只能支支吾吾地说:"啊,为什么这么问……"

由香里得意地抬起了下巴。

"女人的直觉呀。我很早以前就对自己解读别人表情的能力很得意。碓冰医生就更容易被看穿了，你的心事都在脸上写着呢。"

"你知道我在想什么？"我感觉自己被看成了那种单纯的男人，不禁皱起眉头。

由香里淡粉色的嘴唇上泛起恶作剧般的微笑。

"昨天你第一次来这儿，先是观察了整个房间，稍微有些吃惊，觉得作为病房来说太奢华了。之后试着找话题和我聊天，留下了'这是个怪女人'的印象。"

心里的想法被一样样说中，我找不出反驳的话来。

"那么，今天为什么心情不好呢？"

由香里眯起了眼睛。掩饰也无济于事，我仿佛被看透了一般，嗫嚅着张不开口。

"休息室太吵，我没法集中精力学习。"

"休息室？"

"嗯，一层南侧角落里的房间。病房的工作完成之后，我被安排在那儿学习，但是……"

"啊，是室外机的缘故吧？那种轰鸣声的确很吵。"

那个作为待命场所的房间，外墙上挂着整个医院所有的空调室外机。它们发出猛兽嚎叫般的声音，轰鸣声响彻整个房间，实在不是能让人好好学习的环境。我试过戴上耳塞，可是那种震动会直接传达到内脏，到了几乎让人呕吐的地步。

"那样的话，回自己的房间不就得了。你住在员工宿舍吧？从这儿回去，步行也就十分钟的距离。"

"工作时间是不许擅自离开医院的。"

"这里的工作不是下午两点左右就结束了吗？我记得以前听护士长说过。"

"在医院待命也是工作的一部分，为了以防万一。"

"万一？比如说我的'炸弹'爆炸之类的？"

我装作没听到由香里充满讽刺意味的话。

"所以，我得找一个能心平气和地待命的地方。"

"嗯……"由香里把食指按在下巴上考虑了几秒钟，指了指放在窗边的桌子，"那么，那儿怎么样？"

"啊？"

"可以的话，就用这张书桌吧。我反正不怎么用。"

"不行，这明明是病房，怎么能让我在这儿学习？"

"为什么不行?"由香里不解地歪了歪头。

"为什么……呃……"

"我说行,不就没问题了。回头我跟院长先生说一下。这家医院的宗旨不是最大限度地满足患者的愿望嘛。他一定会允许的。"

"不不,呃……让我好好考虑一下。"

窗边那张古典风味的书桌用起来肯定不错。一边眺望着窗外的大海一边学习,一定能进步飞快吧。

"好啊,愿意的话随时过来。反正我在房间里,一直都在。"由香里挂着微笑的面庞上瞬间有阴影掠过。

"碓冰医生,定期处方笺能给我看看吗?"

"好的,已经写完了。"

我正在护士站写病历的时候,听到护士长的说话声,就顺手把处方笺递了过去。

"碓冰医生,你能来真是帮了大忙。院长不催的话,根本没人好好干活儿。多来几个实习医生就好了。"

护士长摇了摇头,下巴周围的肥肉跟着轻轻晃动。

"我们医院在广岛。很多学生都愿意就近选择实习地点。"

通过国家医师资格考试、获得医生执照后,要进行初步的临床实习,在两年时间内转遍所有科室,培养医生的基本能力。

这些实习当中,有一个被称为"地域医疗"的项目,一般是离开实习的大医院,到小规模的医院、诊所或保健院等医疗单位工作,在当地医疗现场进行实践学习。

我实习的广岛中央综合医院,在广岛县内外有十多家可供选择的医疗单位。大部分实习医生都会选择这些上下班方便的单位。我最初是想到老家福山市去,可是,负责临床实习的内科主任却告诉我:"神奈川有一所朋友开的疗养型医院,你到那儿去吧。"我无奈之下才来到这所医院实习。

最初几个月在外科和急诊等重点科室实习,而且不得不占用原本就很少的睡眠时间学习,我的身体几近崩溃,多次因为低血压晕倒,两个月前更因为压力和疲劳患上突发性听力障碍,造成一侧耳朵失聪,一度要接受类固醇输液治疗。

内科主任希望我在被大自然环抱的医院里恢复

健康，也算是用心良苦。

可是，休息室却是这个模样……我叹了口气，目送护士长离去，重新开始写病历。叶山岬医院没有普及电子病历，仍然使用把纸夹在活页夹中记录诊疗信息的方式。翻到最后一份的时候，我的手停住了。那份病历的封面上写着大大的"弓狩环女士"的字样。

我拿起由香里的病历，翻开了第一页。里面存放着俗称"一号纸"的纸张，上面记录着患者刚入院时的信息。由香里是七月入院的。我把目光投向"当前病历"一栏。

> 今年三月开始自觉头痛，到横滨综合医院接受诊疗。会诊之后确诊为恶性脑肿瘤（胶质母细胞瘤）。因肿瘤已经侵入脑干部位，判定无法手术，放射治疗效果甚微，后终止。七月以缓和治疗为目的转到本院。目前依靠止痛药尚能控制头痛，但抑郁症状明显，并且对外出抱有强烈的恐惧。

缓和治疗就是尽可能减少濒死患者身体和精神上的痛苦的治疗。我紧抿着嘴唇翻到下一页。复印的CT图像出现在眼前。从图像上可以看到，脑干的中央有一个歪歪扭扭的白色影像。胶质母细胞瘤就是埋藏在由香里脑中的"炸弹"。那带着几分幸灾乐祸意味的姿态，仿佛一个正从内部蚕食大脑的巨型单细胞生物。

才二十八岁却身患绝症的她，到底是怀着怎样的心情度过每一天的？

我突然回过神来，摇了摇头。想这些根本没有意义，她不过是无数患者中的一员。医生如果要分担所有病人的痛苦，一定会心力交瘁。而对特定的病人过于关注，对其他患者来说又是不公平的。不过分亲近患者，恪守职责，从容地进行最适宜的治疗——这是每个医生都应该恪守的信念。

所以，借用由香里病房的书桌并不合适。下定决心的瞬间，突然有人把手放到了我的肩膀上，叫了一声"碓冰医生"。回头一看，一位身穿白大褂的中年男子站在身后，他有一双细长的眼睛，一头惹眼的白发。

这位散发着冰冷气息的男士，是叶山岬医院的院长。

"辛苦了，院长先生。"

"没什么特殊情况吧?"院长用沉稳的声音问道。

"是的。"

"哦?那三层就交给你了,没问题吧?"

昨天进行了分工,二层的患者由院长负责,三层的病患由我负责。

"没问题。"我欠欠身回答。院长沉默地瞥了我一眼,目光有些严肃。

"呃……您还有什么问题吗?"

那冰冷的视线让我不知所措。院长随即叹了口气。

"广岛中央综合医院的内科主任在我年轻的时候曾经关照过我。所以,当他希望把这家医院注册为地区医疗实习点的时候,我同意了。我当时的想法是不会有人千里迢迢从广岛来这儿当什么实习医生。以前也的确没有人来过。"

院长拢了拢惹眼的白发,眼神变得锐利。

"碓冰医生,你为什么选择来这家医院实习呢?"

"呃……是不是给您造成了什么麻烦?"

"不不,完全没有。因为你的到来,日常事务能更顺利地开展,护士们都非常高兴。我只是单纯地想知道你为什么选择这家医院。"

"是因为……临终关怀,我对临终医疗有兴趣。"我并没有照实说出是强势的内科主任的建议,而是寻找措辞敷衍过去。

"对临终医疗有兴趣,这样啊。"院长用严肃的语气重复了一遍,指了指我手上的病历,"所以才注意到了弓狩,是吧?"

"呃?不不,也没有特别……"

院长从吞吞吐吐的我手中一把夺走了病历。

"不知道我们还能把弓狩留在这世上多久。正因为这样,才希望她尽可能地按照理想的方式度过住院生活,在余下的时间里感受到幸福,哪怕只是一点点。当然,不仅仅是她一个人,我想尽最大可能,满足所有住进这所医院的患者的愿望。"

院长的语气中慢慢带上了温度。

"临终医疗不应该跟'兴趣'之类轻松的感受产生关联。患者在剩余的时间里可是在努力地生活。医疗工作者有竭尽全力去帮助他们的义务。在这家医院实习,请务必牢记这一点。"

我沉默不语,接过院长递过来的病历表。院长往出口方向走去,又停下脚步,头也不回地补充了一句:"对了,我说这些,是因为从弓狩那儿听说,她想让你在值班期间使用三一二号病房的书桌。"

"啊……不，那个……"

"没关系。"院长像自言自语似的打断了我，"完成最基本的工作后，去哪儿都没关系。只要是为了患者，这一点一定要记住。"

说完，院长径直走出了护士站。

我咬着嘴唇，目送院长离去的背影。

"又开窗户了？"

"啊，碓冰医生，欢迎您的到来。"

敲过病房的门后，我进了屋，由香里从窗口缩回身子，回头看向我。

"雨停了，所以想开一会儿窗，下过雨的空气中能闻到泥土的香气。"

"着凉的话会感冒的。"

"知道啦。今天比昨天冷多了，我正想把窗户关上呢。"

由香里鼓了鼓腮帮子，关上了窗户，然后对着我眨眼睛。

"那么厚的书，好像还拿了不少呢。"

"承蒙您的好意，来用书桌啦。用到五点可

以吗?"

"用吧,用吧。"

我把怀中的参考书和习题集放在书桌上,因为太沉重,一放下就赶紧转了转肩膀。

直到刚才,我还在考虑拒绝她的好意。可是院长扔过来的那句"只要是为了患者,这一点一定要记住",让我改变了心意。

潜意识里,我是想说"给你添麻烦了"之类的,但这个建议是由香里提出来的。她平时也没有可以说说话的同龄人,现在房间里多了一个我,应该会让她的心情舒畅一点吧。

由香里走近我,啪啦啪啦地翻看英文习题集。

"这个……难道不是日语的?"由香里一脸惊讶的表情。

"对啊,怎么看都不是日语啊,是英语。"

我坐到椅子上打开习题集,从胸前的口袋里掏出圆珠笔,用指尖来回地转着,埋头开始做题。不经意地一抬头,由香里微笑的脸庞出现在眼前。

"呃……"

"啊,对不起,影响你了?"

"稍微有点儿。"

"那好吧,我离远一点看着你。"

由香里注视着我,往后退了两步。

"那个,怎么说呢……这样被人盯着,我没办法集中精力。"

"哦?这样啊。跟你说说话也不行?"

我说了一句"可以的话,还是别说了吧……",由香里噘起樱桃色的嘴唇。

"呃,好无聊。好吧,没办法,我还是去画画吧。"

由香里走到了窗边,我不禁按了按太阳穴。她还真是个远离世俗的人。我用手轻轻拍了拍脸颊,让注意力回到习题集上。

不知过了多久,大概有一个半小时的模样,我仰起头冲着天花板伸了个懒腰,脊柱嘎吱作响。在舒适的环境中,学习的效率比平时高多了,果然没有辜负这上等的桌椅。

因为一直在飞快地阅读笔画细密的英文,视野中渐渐出现了重影。我闭上眼睛轻轻按了按脸颊,这时,一缕清甜的香气从鼻尖掠过。回头一看,两只茶杯放在了餐桌上。由香里手里正端着茶壶。

"我泡了红茶,一起喝吧?你也累了吧。"

由香里把淡淡的琥珀色液体倒进茶杯,水雾弥漫开来。

"那我就不客气了。"

由香里开心地说"请吧",示意我坐到沙发上。我一屁股坐下,那舒适的感觉让人觉得仿佛整个身心都被包裹了起来。我接过由香里递来的茶杯,喝了一口。红茶清爽的柑橘味道中有一丝若有若无的奶糖的香甜,充溢着鼻腔。

我让这种液体在口腔中停留了一会儿,慢慢地咽了下去。绵软而温热的茶水经过食道流进胃里,胸口像有一团温暖的火焰在燃烧。

"好喝吧。这红茶是专门调制的。"

"是的,太好喝了。"我再次拿起茶杯。

喝了大半杯红茶,我把视线移到窗边的画架上。上面画的是从山上俯瞰港口和街道的景色。海岸线的一旁是狭长的公园,干净的街道在面前铺展开来。白色的波涛拍打着公园的码头。

"今天画的不是从这里望下去的风景呀。"

我说道。由香里眺望着窗外。

"虽然也喜欢雨中的风景,但相比之下,我更喜欢晴天的大海。"

"哦，那这幅画画的是哪里？"

"嗯……可能是欧洲吧。"

"只说是欧洲的话，太笼统了，是随意画的吗？"

"是啊，没什么特别的。我的作品就是随心所欲地画出来的。相比之下，当医生才会忙得团团转吧，还得读那么难懂的书。"

"不是所有医生都必须学这些，我是为了将来做准备。"

"将来？"由香里给我的茶杯斟满了红茶。

"我想有一天到美国当脑外科医生。"

"呃？去美国？怪不得要用英文学习。"

"嗯，我毕业的大学有一位非常有名的脑神经外科教授，我想拜入他的门下学习，然后到美国工作。所以英语必须达到相当于母语的水平，而且获得美国的医疗资格证，还需要通过各种考试。"

"听上去很辛苦啊，要付出那么多的努力。不过，你为什么想到美国工作呢？"

听到由香里直率的提问，被红茶温暖的胸口瞬间开始降温。我把茶杯"哐"的一声放回托盘上，发出硬邦邦的声响。

"钱，为了攒钱，没有别的理由。在日本，手术费用是全国统一的，在美国则不一样。医疗技术越高超，手术费也越高。"

"就是为了赚足够多的钱，才努力学习吗？"

这种孩子气的问题让我的胸口彻底冷了下来。

"嗯，是的。我上小学的时候，家里一下子变得一贫如洗，曾经为了钱饱受煎熬。"

"上小学的时候发生什么事了？"

由香里稍稍歪了歪头。我知道她并没有恶意，但内心掀起的波澜还是难以平复。充斥在心中的焦虑让我不由自主地脱口而出："我父亲因为欠债出逃了，跟他的情人一起。"

由香里瞪大了眼睛。那是能住进这种病房的有钱人家的大小姐无法想象的世界。阴暗的愉悦感令我越发有了倾诉的欲望。

"妈妈拼命工作，一边还债一边供我和妹妹读书。因为过于劳累，她熬坏了身体。我考进医学专业靠的是奖学金。那些钱日后也是要还的。到这个月，我的贷款还剩下三千零六十八万日元。"

"……连零头都记得这么清楚。"

"嗯，因为还清欠债是眼下的目标。我们一家人因为没钱而饱受折磨。所以，我一定要赚钱。赚钱、赚钱，不停地赚钱……为了复仇。"

由香里用哀伤的眼神看着一吐为快的我。回过神来，我不禁闭上了双眼。

"别用那样的眼神看着我。我说这些并不是为了博取同情。"

为什么会说这些呢？这原本是对朋友都不会谈及的话题……

"向谁复仇呢？"

我不禁哑然。要向谁复仇？这个问题我从来没想过。是要向曾经蔑视过我们的人复仇，还是金钱本身？抑或……

脑海里浮现出一位带着温和的笑容向我伸出双手的中年男子。我使劲摇摇头，想把这个影像从大脑中赶走。这时，我的脸颊被一种温暖柔软的东西裹住了。

我抬起头，不知什么时候，由香里用两只手捧住了我的脸。

"碓冰医生……是不是被束缚住了？"

"被束缚住？"我没听明白她的意思，不禁重复了一遍。

"是啊，你被束缚住了，看上去非常痛苦。而且不管赚多少钱，你都无法消解这份痛苦，甚至会被它吞噬。"

"那么，我又该怎么办？"我的声音中带着一丝局促。

由香里收回手，漂亮的鼻翼上微微浮起皱纹。

"对不起，我也不知道该怎么办才好。"

"既然不知道，那就别理会我。我除了赚钱别无选择，因为赚钱可以让家里人开心。除此之外，我不知道能做些什么。"

理智提醒我，不能再说下去了，可是嘴却停不下来。

"住在这种奢华房间里的人，无法了解像我这样的穷人的感受。"

说完，我紧紧抿住嘴。由香里端起茶杯，一口气把杯底剩余的红茶喝光，小声地喃喃自语。

"无论有多少钱，在死亡来临前没花掉的话，也毫无意义吧。"

我深深地吸了一口气。眼前这位女子的大脑中埋着一颗"炸弹"。十几年来一直纠缠着我的自卑情结一瞬间爆发了，使我丧失了理智，居然忘了这件事。

看我都说了什么……我反复回忆自己说过的话，

脸上的血色渐渐消失。

"上午问过你,为什么这么急着画画?"

我小心翼翼地斟酌着措辞,由香里眼神恍惚,缓缓地开了口。

"对我来说,绘画就是我的梦想。"

"梦想……?"

"经常有这种情况吧。时日不多的病人会在临死前把心愿列出来,这跟我画画是一样的。小时候我听说,在画着梦想的画上睡觉,梦想就能实现。"

"你把画铺在床垫底下吗?"

"怎么可能?那样画会被弄脏的。相反,那些画我都非常仔细地保管着。"

"放在哪里了?"

"秘密!"由香里像开玩笑一般把食指贴在嘴唇上,"被发现的话,会被院长骂的。"

会被院长骂,到底是怎么回事?我不禁有些愕然,由香里却闭上了眼睛,似乎心情很好。

"闭上眼,画中描绘的景象就会浮现在眼睑上,有一种身临其境的感觉。"她樱花色的嘴唇边绽放出幸福的笑靥。

我凝视着画架上的画纸,上面画着一位在俯瞰海港街景的女子。她站在观景台上,身穿白色连衣裙,一头长长的黑发。那一定是由香里自身的投射吧。我这才注意到,昨天那幅描绘夏日海边景色的画上,也有一位撑着太阳伞散步的女子,她走在拍打着岸边的潮水中。

由香里此时此刻是正在观景台上俯瞰海港的街景,还是在阳光猛烈的海边享受着波涛的冰冷呢?

为了不打扰在幻想世界里散步的由香里,我默默地凝视着她。她闭着眼睛,从侧面看去,那睫毛更长了,比平时多了几分成熟的气质。

房间里一片寂静,连两个人轻微的呼吸声也静静地消融在空气中。在这种有些别扭却又十分温暖的氛围里,时间流淌得格外缓慢。终于,由香里睁开眼,心满意足地呼了口气。

"不好意思,只顾着沉浸在自己的世界里。"她耸了耸肩。

"不不,并没有……我为刚才失礼的说法道歉。"

"没关系。我也没有考虑你的感受,自以为是了。"

由香里站起身,拿过茶壶,说了句"我再去泡壶茶",往厨房走去。

"由香里……"望着她换茶叶的优雅背影,我唤了她一声。

由香里问:"怎么了?"

"如果不去欧洲,在日本漂亮的街道上散散步不好吗?"

由香里一言不发地沏茶,就像没听到我的话一样。

"要稍微焖一下才好喝……"回来后,她把茶壶放在餐桌上。

"由香里!"

我加重语气,催促她回答。她却说着"应该好了吧",往茶杯里倒茶。我看着杯中的琥珀色液体咬了咬嘴唇。

"……我从来没有那种体验。"

这时,由香里喃喃自语。我惊讶地"咦"了一声。

"不光是欧洲,哪儿都无所谓,我只想随意走走,喝杯茶或是咖啡什么的,也想去赏花,去电影院看电影……"

"好啊,那就不要光在屋里画画,真正去做不是更好。这附近虽然比较冷清,但稍微走远一点,一定有咖啡店之类的……"

"不行!"由香里几乎是把茶壶摔在了桌子上。

沉闷的声音搅乱了房间里的空气，杯子里的红茶差一点洒出来。

"不行啊，我没办法走出这家医院……"

一眨眼工夫，由香里那若有若无的声音就消散在了空气里。

"为什么……"

尽管我询问的声音很轻微，由香里却紧握着双拳，表现出强烈的抗拒。

整个房间瞬间被像铅一样沉重的沉默填满。这时窗外忽然传来电子琴演奏的《海滨之歌》的旋律。由香里站起身来。

"已经五点了。说着话，时间过得真快啊。辛苦了，碓冰医生。"她从沙发上起来，微微侧着半边身子，仿佛在示意我往门口走。

我一开始没有领会，由香里又重复了一遍"辛苦了"，我才站起身，抱起书桌上的参考书朝门口走去。由香里帮我把门打开。

"呃，那个……"出门前，我踌躇着问道，"明天……明天工作结束后我可以再来叨扰吗？能继续用那张书桌吗？"

由香里盯着战战兢兢的我看了一会儿，然后温和地笑了。

"嗯，当然可以。"

身体好像瞬间变得轻松了，我松了口气。由香里站在我身边继续说道：

"你喜欢这个钻石鸟笼的话，随时欢迎你来。"

"钻石鸟笼？"

"是啊。关在钻石鸟笼中的鸟和在天空中自由飞翔的鸟，你觉得哪个更幸福呢？"

"嗯，这么说的话……"

我带着困惑的表情出了门，由香里微笑着握住门把手。

"那么，碓冰医生……明天见。"

关门声在我耳边沉重地回响。

大颗的雨滴敲打着雨伞，发出巨大的声响。从地上溅起的雨水打湿了裤脚，裤子贴在身上，湿乎乎的。靴子里面进了水，每走一步都发出咕叽咕叽的声音。

离开由香里的病房后，我在更衣室换完便装正要走出医院时，刚才停了的小雨顷刻间变成了倾盆大雨。想着反正也就十分钟左右的路程，但当我穿过医院前门的停车场往海滨走的时候，却已经开始后悔了。

回宿舍的路上，停车场尽头的医院建筑跃入眼帘。那漂亮的外观与豪华的内部装饰相比毫不逊色。乍一看，比起医院，它更像是一幢洋房。我的视线很自然地被三一二号病房的窗口吸引。它的窗户正对着海岬，从这边甚至可以看到室内的大致陈设。那个坐在窗边的美丽身影也隐约可见。

"钻石鸟笼……"这个词不知不觉涌到了嘴边。

猛烈的风从海上刮来，让湿淋淋的身体愈发寒冷。我想快点回宿舍洗个澡。刚要迈步往前走，却因为眼前的景象停了下来。十多米外的路边停着一辆银色的汽车，前窗在雨幕中反射着街灯的光芒。我皱着眉头望着眼前这一幕。

副驾驶席上坐着的短发男人正把相机的镜头对准这边。那是观察野生鸟类用的巨大的长焦镜头。看到我，男人慌忙把相机放到脚边藏起来，同时响起低沉的发动机声，汽车发动了。我目送它从旁边的车道上远去，一路溅起水花。车牌倾斜着，不太容易看清楚，不知道是不是故意为之。

我带着疑惑再次迈开步子。尽管被扬长而去的车吸引了注意力，但当务之急还是先解决这彻骨的寒意。我沿海边的小道一路小跑，没过几分钟便看到了那座三层的公寓。这是叶山岬医院的员工宿舍。一进房间，我直奔浴室，脱掉衣服来到淋浴间，把淋浴喷头的水量调到最大。一开始放出来的是冷水，之后渐渐变热。白色的雾气在房间里弥漫，冻僵的皮肤和筋骨舒展开来。我仰起头闭上眼睛，整张脸对着喷头。由香里单手拿着画笔，面朝画布作画的身姿浮现在脑海中。

我轻轻甩甩头，擦了擦脸。我为什么会在意这个人呢？是因为她不食人间烟火的气质，还是因为她洞察人心的眼神？抑或是因为她看破红尘的言行？我反复地问自己，却始终没有答案。

我旋转阀门，关上淋浴喷头，冻僵的身体彻底暖和过来了。

从浴室出来，我换上家居服，收拾完随意扔在地上的衣服，然后卸下一身的疲惫，一头倒在床上。硬硬的弹簧床像抗议似的发出咯吱咯吱的声音。

若是在平时，我会学习到深夜，但今天却没有兴致。

"因为这里面埋着'炸弹'啊……"

"关在钻石鸟笼中的鸟和在天空中自由飞翔的鸟,你觉得哪个更幸福呢?"

由香里的"台词"萦绕在耳畔。我用拳头轻轻敲了敲太阳穴。

她只是患者中的一员。我和她也仅仅是医生与病人的关系。

我坐起身,伸手拉开窗帘,望向窗外。雨依然下个不停。雨天会唤醒那些想要遗忘的记忆,我讨厌下雨。

今天的确是累了,小憩一会儿也无妨。我关上日光灯。夜灯淡淡的光给朴素的房间染上一层浅浅的橙色。我再次躺下,睡意很快袭来。

房间被雨声包围着,我的意识渐渐消失在黑暗里。

雨一直下着,大颗的雨滴落下来。这是哪儿?我撑着伞环顾四周。面前是高高的水泥墙和门板,身后是一处巨大的玄关。这光景似曾相识。

啊,不对。并不是周围的东西有多么庞大,而是我变小了。我在脑海深处意识到这一点,在门边的紫阳花旁蹲下来,望着叶子上蠕动的蜗牛。

听到开门声,我猛地回过头,一位穿西装的中年男人站在那儿。男人俯身看着我。因为逆光,我看不清他的面容。

那个男人全然不顾被雨水打湿,走到我身边,抱住了我。我几乎要窒息了,清晰地感觉到了疼痛,但我并没有抵抗,甚至有一种安全感。

男人在我耳畔低语,可是那些话被雨声盖住了,我什么都没听到。

男人慢慢松开了手臂,然后像下定决心甩掉什么似的,用力地扭过头,开门走了出去。我慌忙追上去,但只能远远地看着那个人在雨中离去的背影。我朝他的后背伸出手。

"你刚才说什么?!"

只有我的喊叫在耳边回响。男人消失了。雨下得更大了。不知不觉间,近在咫尺的门、家和道路都消失不见。

"你到底说了什么?"

我再次声嘶力竭地呼喊,任凭雨水拍打着这个空无一物的空间。在那一瞬间,我感觉身体好像飘了起来。

我猛地坐起身,环顾微暗的房间。

这不是我自己的房间吗？这里是……

在我恢复意识的同时，窗外的天空也放晴了。

啊，是的，我是来神奈川地区实习的。我再次倒在床上，把手举到眼前，从手指间的缝隙里看到了夜灯淡淡的光。

"你到底说了些什么呢，爸爸……"

从微微张开的嘴巴里发出的呓语，消失在了遍布着细小尘埃的空气中。

3

"您的脚有点浮肿啊。"

我用拇指按了按花女士的脚踝,皮肤上出现了明显的凹痕。

"我本来就很容易浮肿,工作那会儿又需要长时间站着。丈夫在世的时候,经常帮我按摩。"

花女士总是把话题扯到她死去的丈夫身上,我不禁苦笑。

"浮肿的情况比我第一次检查的时候严重了,可能是心脏负担变大了。稍微加点利尿剂比较好。"

"不不,别再特意改变用药了。我已经活了九十多岁,现在也没什么遗憾。如果有的话,就是丈夫在另一个世界呼唤我,'太寂寞了,快点过来吧'。"

花女士沟壑纵横的脸上堆起了更多的皱纹，看上去洋溢着幸福。

"碓冰医生，你跟我丈夫年轻的时候很像。他特别受欢迎，经常跟女学生接触。所以我呢……"

在又拉开阵势闲聊的花女士面前，我除了洗耳恭听别无选择。

谈话持续了二十分钟左右，我终于从花女士那儿解放出来，在走廊里捏了捏脖子。接下来轮到由香里，之后查房便结束了。可是，想到要跟她见面，我竟然有些忐忑。

但是，查房是必须去的。我下定决心的瞬间，背后传来一个声音。

"哟，碓冰医生，查房还没结束吗？"

回头一看，一位老人坐在轮椅上看着我。他是住在这一层的一位患者——内村吾平。

"嗯，还有最后一位。"

"喂喂，马上十一点半了。用得着那么认真吗？"

内村转动轮椅靠近我。他因为脊髓灰质炎导致半身不遂，但面容显得年轻，根本看不出已经八十多岁了。因为经常转动轮椅，他的双臂得到了锻炼，像年轻人的手臂一样粗壮。

"每一位患者都必须认真检查呀。"

"说是诊察,其实有些病人已经没有意识了吧。即便如此,医生您还是一样认真对待。"

"啊……呃,对了,您有什么事吗?"

查房浪费掉的时间也有您的份啊,我心中暗想。这位内村先生也特别喜欢聊天。两小时前查房的时候,我陪着他聊了十五分钟呢。

"也没有。因为天气好,查完房后我去了中庭。才刚到二月,居然这么暖和。这是为什么呢?难道是地球变暖的缘故?"

这所医院的中庭有一座环绕着喷泉的放射式花坛,是西式庭院的设计。天气好的时候,住院的患者经常在那儿散步和读书。

"地球变暖?也许吧。"我敷衍道。

"散步回来,看到医生您在这儿,所以打个招呼。"

果然,我就是他用来消磨时间的。

"下午,我打算在房间里喝杯红酒看看电影,医生如果没什么事的话,也一起来怎么样?"

"工作时间是不允许喝酒的。"

"也是。"内村大声笑起来。

"不过,红酒配电影,您还真是奢侈呀。"

"在这儿,大部分愿望都能实现。只要支付相应的费用就可以。"

内村说完,嘴角微微上扬。叶山岬医院是默许患者在私人病房里吸烟饮酒的,只要不给病情造成显著影响即可。电影爱好者内村的病房里甚至还有私人影院。

"一切为了患者。尽可能地满足患者的要求是这家医院的宗旨。"

"为了患者啊。"内村皱了皱鼻子。

"呃?您怎么了?"

"没什么。对于我这种人来说,这儿是非常理想的医院。身处大自然的怀抱,可以做喜欢的事,病情也能得到良好的诊治。但这儿住的不全是像我这样的患者吧。"

我的脑海里浮现出那种意识全无躺在床上的病人。仿佛读懂了我的表情变化,内村竖起食指说道:"就是那种。"

"对丧失意识的患者来说,'满足愿望的医院'之类的说法毫无意义,因为根本不存在什么'愿望'。那些人知道自己花着高额的费用住在私人病房吗?很简单,那只是家人的愿望而已。丧失意识的患者都由家人支付住院费。"

"患者的亲人不是也希望把他们安置在好的环境里吗?"

"我可不这么想。他们只是想掩饰自己内心的罪恶感。"

"这是什么意思?"

"亲人已经脑死亡,陷入了无意识的状态。刚开始还去探视,但渐渐地就变成了一种负担。当然,即便去探视,病人也不会有反应,这是没办法的事。最后变成亲人即使就住在附近的医院,也不去看望了。但这样会被周围的人说薄情,产生罪恶感,所以才将他们送到这家医院。"

内村摊开双手。

"住在这家医院的话就有说辞了,对世人,对自己,都解释得通。为了让亲人在赏心悦目的环境里度过住院时光,才把他送到了远离闹市的医院,因此也很少来探望了。"

内村耸耸肩看向我,把心里的想法一吐为快。

"从这个角度来看,这里不就是'高级弃老山[1]'

---

[1] 弃老山又称"弃姥山",是一种日本民间传说。在该传说中,粮食匮乏的古代日本存在一种将老人遗弃在山上自生自灭的习俗。

嘛。医生您也看到了，那些人明明连意识都没有，光凭着从肚子上的小孔输入营养液维持生命。他们真的愿意这样活着吗？"

"那样的病人没办法表达自己的意愿，才不得不……"

"我明白。他们无法表达自己的意愿，只好按照亲人的愿望接受治疗。但这样的话，就不能叫实现病人愿望的医院了吧。"

内村轻蔑地说。

"应该改个说法，叫'实现付款人愿望的医院'才对。所以，我在付钱的时候明确地表达了愿望——到了丧失意识的时候，不要进行延续生命的治疗，就让我自然地死去。从容镇定地告别人世才帅气！"

我不知道该如何作答。内村拍了拍我的腰。

"看您一脸严肃，医生您还真较真儿啊。不过是老年人的固执己见罢了。不是这家医院不好，更不是你的问题。我只是想说，不要忘了这一点：并不是所有的病人都是自愿待在这儿的。"

内村灵巧地转动轮椅，说了句"回头见"便离开了。

"并不是所有的病人都是自愿待在这儿的……"

我看到了几米之外的病房大门。

"钻石鸟笼",怎么想都觉得这个称呼也透露出不情不愿地待在这里的意味。那由香里为什么会住在这儿呢?我忍耐着轻微的头痛,走向走廊深处。

"今天也辛苦啦!"

水注入茶壶,醇香的气味立刻弥散开来。实习第三天,刚过午后四点半,我坐在沙发上,像昨天一样享用着由香里的红茶。

上午查房时,我不知该如何挑起话头,所以只是例行公事地检查,并没有和她交谈,检查完便逃也似的出了病房。医务工作结束后,我在下午两点再次来到这里借用书桌。但因为不能再提昨天的话题,我在无法集中精力的散漫状态下,瞪着参考书虚度了两个小时。

"吃一点吧。"

由香里递来一个盛着几块饼干的碟子。

"啊,多谢。"

"累的时候,吃甜食不会提高血糖值的。"

"……这样啊。"

我闪烁其词,由香里凝视着我的眼睛。我欠欠身,挪动了一下位置。被眼前这双棕色的瞳孔凝望着,总有一种手足无措的忐忑之感。

"碓冰医生,是发生什么事了吗?你查房和学习的时候都没什么精神的样子,感觉好像有事要问我,却忍住了没有开口。"

被她一句话说中,我下意识地绷紧了脸。由香里伸出手,手指划过我的下眼眶。

"眼圈都发青了,睡得不好吗?"

"可能是因为床有点硬……"

"唔。"由香里眯起眼睛。

"怎么了?"

"床可能是真的硬,但好像不单单是这个原因吧。"

"你怎么知道?"

"嗯,都写在脸上了。你正渴望着向谁倾诉烦恼呢。"

渴望倾诉烦恼?我撇了撇嘴——跟家里人都没提起"那件事",也没理由告诉其他人。但胸中没来由地涌起一阵难耐的冲动。

"这个房间的费用非常昂贵。"由香里张开双臂,"所以隔音也很完美,说话绝不会被外面听到。而且,这里只有你和一个脑袋里埋着'炸弹'的女人。"

由香里清爽的声音穿透我的耳膜,直击心脏。

"在这里所说的内容绝不会外泄。碓冰医生,如果你愿意的话,可以畅所欲言。"

由香里微笑着。那是一种属于成年人的微笑,跟平日里不食人间烟火的她截然不同。

"雨声……"这个词从微微张开的嘴唇间悄然溜出来,连我自己都大吃一惊。

不该说的。脑袋里这样想着,但舌头仿佛有自己的意识一样兀自在颤动。

"我讨厌雨声……强烈的雨声。"

"雨声?为什么?"由香里用柔和的语调轻声追问。

"这要从父亲跟情人一起失踪的事说起。我父亲原本从事古典家具进口生意,经营着一家小型公司,运转得很顺利。"

"那后来又发生了什么事?"

"嗯,担任经理的雇员把公司的资金卷跑了。那个人是父亲的老朋友,也是我们家的世交,本来绝对可以信得过。这样的故事不陌生吧。"

"的确是常有的桥段。"

"这样公司很快就入不敷出，宣告破产了，只剩下欠债。流氓模样的男人叫嚣着闯进家里，父亲只能低着头拼命地请求对方再宽限些时间。"

那时的记忆复苏了，我感到呼吸困难，不停地用手揉搓着衬衫的衣角。

"就像刚才说的，我家其实还算富裕。尽管有贷款，但在广岛市内有自己的房子，也存了一些钱。本该把房子卖掉，再拿出积蓄还债。然而，父亲……那个家伙……"

我咬紧牙关低下头，因为情绪激动，声音变得嘶哑。握紧的拳头忽然被一片温热包裹，原来是由香里握住了我的双拳。

我反复深呼吸，把积压在胸中的热气吐出来，继续说下去。

"父亲扔下家人逃走了。他取走了全部的积蓄，带着情人逃往海外，有一天突然消失得无影无踪。一个月后，我们收到一封来自欧洲的信，里面装着按了手印的离婚协议和他跟年轻女子的合影。信里写着'离婚吧，从此以后，我要和心爱的人在一起生活了'。"

我努力克制自己的情绪讲述着。由香里冷冷地问了一句"然后呢",把目光转向窗外。

"然后?"我自嘲似的哼了一声。

"后来,父亲又来过三次信,信封里装着信和明信片,就像故意讨人嫌似的。母亲提交了离婚协议,用卖房子的钱勉强还上了公司欠银行的债务。家里只剩下房子的贷款要还,我们搬到亲戚家的一所破旧公寓里。母亲边打工边慢慢还贷,把我和妹妹抚养大。"

结束倾诉之后,我抬头望着天花板。日光灯那仿佛漂白过的光芒令人眩晕。

"爸爸的事……你恨他吗?"

由香里静静地问。我毫不犹豫地点点头。

"嗯,恨。如果可能的话,恨不得使劲打他一顿。然而不可能了,因为他……已经死了。"

在大吃一惊的由香里面前,我沉重地叹息了一声。

"父亲失踪一年后,警察找上门来,原来父亲在九州坠崖而死。登山本就是他的爱好,谁都没想到,他居然躲在日本全身心地享受生活……"我用轻蔑的语气说道。

"雨声……"由香里低低地自言自语。听到这几个字,我不禁全身僵硬。

"一听到雨声,你就会想起父亲的事,对吧?"

我想开口,却又犹豫了。我真的准备把从来没有对任何人说起的事和盘托出吗?我望向由香里,她用柔和的目光看着我。我仿佛迷失在了她的眼神中。

"父亲消失的那天,天上下着大雨。我在玄关外看蜗牛,父亲从家里出来,紧紧地抱住了我。我几乎没办法呼吸。然后,他在我耳边低低地说了什么。每个下雨的夜晚,这个场景都会出现在我的梦中。"

我用双手抱住头。

"然而,父亲到底说了些什么,我并没有听清,因为雨声把父亲的声音淹没了。"

那个时候,父亲到底说了什么?他最后究竟要告诉我什么?这十五年间,我冥思苦想,但始终找不到答案。

"碓冰医生,你恨你的父亲吗?"

由香里问了跟刚才一样的问题,我的答案几乎脱口而出。但不知何故,喉咙深处似乎被什么扯住了,发不出声音。跟父亲在一起的记忆在脑海里闪过:他给我读绘本,和我一起玩投接球,运动会上和我一起获得了二人三足游戏的第一名……

"父亲他……"我拼命挤出声音,"父亲他抛弃了我。"

我靠在沙发上,倦怠感随着流淌的血液席卷了全身。然而,这感觉并不坏。这十五年来,滞留在心底的沉渣仿佛就这样被一股脑儿冲走了。

"所以呢……"由香里小声呢喃。

我皱紧眉头追问:"所以什么?"

"唔,没什么。"

由香里伸手端起茶杯。我下意识地模仿了这个动作。早已凉透的红茶滋润着干渴的喉咙。房间里充斥着倦怠的气息,连时间的流淌仿佛都变慢了,只有啜饮红茶的声音微微地搅乱了空气。

"钻石鸟笼……"

我喃喃自语,把茶杯送到唇边,迎着由香里投来的目光。

"你说过这个房间像'钻石鸟笼',到底是什么意思呢?"

原本还在纠结这突兀的问法是否合适,但犹豫之际,话已经自然地脱口而出了。

由香里的眼神游移不定,她似乎在寻找措辞。

我没有说话,静静地等待她的回答。

"母亲生下我后就去世了。我上小学的时候,年纪轻轻的父亲又被癌症夺走了生命。"

由香里凝视着半空,娓娓道来,就像在说别人的故事。

"我是被祖父母收养的,原本就和他们生活在一起,所以也是顺理成章。祖父母是大富豪。具体情况我不太清楚,只知道他们以前经营房地产生意,在泡沫经济时期发展得飞快。再加上不知是不是运气好,在泡沫破裂前觉得'已经赚够了',于是卖掉了资产全身而退,手头留下令人艳羡的大笔现金。然而,他们好像对花钱没什么兴趣,仍然过着节俭的生活。"

由香里用杯里剩的红茶润了润嘴唇。

"祖父母精心养育着我。然而,三年前先是祖母因脑卒中身亡,几个月后年迈的祖父也去世了,只剩下我一个人。祖父的葬礼结束后,律师找到我,按照遗嘱,全部遗产由我继承。金额之大让我怀疑自己的耳朵。即使工作几百年,我也不可能赚到那么多钱。"

几百年……那得有几十亿日元吧。我条件反射般地计算了一下。这样的我连自己都嫌弃,不禁把脸扭到一边。

"我知道祖父母是有钱人,但并不知道他们竟然有钱到这个地步。而突然拥有这么多钱,我也不知道如何是好。"

"结果呢?"

"我什么都没做。"

由香里把视线投向窗外。

"没有辞职,也没有买什么奢侈品。因为金额太庞大了,让人没有真实感。最后还是过着普普通通的日子。从去年年初开始,每天早上起床后总是感觉头疼。一开始以为是疲劳引起的,逐渐发展到呕吐才去医院检查,然后就得知了这个结果。"

由香里用食指戳着太阳穴,像初次见面那天一样。

"这里埋着一颗'定时炸弹',而且没办法通过手术取出来。"

她仰头望向天花板。

"一开始非常震惊,思绪都是混乱的。难道无论去哪里都治不好吗?我去了许多专科医院接受检查,然而答案都是一样的——没办法把我的'炸弹'取出来。"

一直以来都很平和的由香里说到这里,语气中也透露出一丝丝情绪的浮动。

"确诊之后花了几个月的时间,我终于认识到,只能和这颗'炸弹'共度余生了……伴随着恐怖的倒计时。"

由香里从沙发上起身,走到窗边。

"所以在人生最后的时光里不妨奢侈一点吧。我用祖父母的遗产支付了这家医院高额的费用。这里房间宽敞,景色也很优美,而且能尽可能地满足患者的愿望。这是我人生中从来没有过的奢侈,对我来说,这房间就像是用钻石砌成的一样。嗯,只是潮汐声让人有点郁闷。"

由香里用手碰触着窗玻璃。我走到她身边。

"我理解你说这里是'钻石房间',可为什么说是'鸟笼'呢?"

由香里凝望着窗外,侧脸被深切的哀伤笼罩着。

"你觉得我走了之后,遗产该怎么办?"

"一般来说是由亲人继承……"

"那是一般情况,而我没有亲人。母亲那边的外祖父母也已经不在人世。所以请私人侦探进行了调查，得知还有一位远房亲戚拥有继承权。那个人知道等我死后，会有巨额的金钱转入他的名下。"

"知道？"

"是的。那个人早就窥伺着祖父母的遗产。他知道我没有能继承遗产的近亲，我的病也剩不了多少时间了。他那边已经调查了关于我的一切。"

"可即便如此，这和你不肯外出又有什么关系？"

由香里看了看满脸疑惑的我，轻声叹了口气。

"因为谁也不知道我脑袋里的'炸弹'什么时候爆炸。"

我想起由香里病历卡上的脑部 CT 图像。那是一颗已经侵入脑干部分的胶质母细胞瘤。确切地说，谁都不知道它什么时候会夺走由香里的性命，但并非真的无法推测——用不了半年，甚至不超过两三个月。

凭借当了两年实习医生的经验，我能自然地推断出由香里剩余的时间。心脏在胸骨内剧烈地跳动。为了控制住面部的痉挛，我慌忙咬紧牙关。

由香里用指尖划过玻璃表面，对我此时的状态视而不见。

"也许等不及了吧。"

"……你指什么？"

"那个远房亲戚欠了大笔的外债，希望尽早拿到钱，哪怕早一刻也好。而且他知道我患有重病，肯定一直在期待着我的'炸弹'爆炸。然而比他预想的时间更长，他大概已经迫不及待了。"

我嘴巴半张，声音像呻吟般从喉咙深处漏出来："不会吧……"

"是的。他可能想夺走我的性命。从继承遗产到患病之前，我遭遇了好几次车祸，甚至被人推下月台。一定是那个亲戚雇人想谋杀我。他现在暂时收手了，是因为知道我时日不多，他不必冒险就可以顺利得到财产。但不知什么时候，他就会失去耐性。"

由香里打开窗户，带着寒意的风灌进屋里。

"那种事……"

"不可思议是吧？或者说我想得太极端了？你知道吗，钱会使人鬼迷心窍。"

我当然知道。因为没有钱，我的家庭曾经一度土崩瓦解。因为没有钱，我、妈妈和妹妹不得不苦苦挣扎着度过每一天。也正因如此，我才努力想把自己的才华最大限度地变成金钱，每天埋头苦学。

一阵猛烈的风吹来，由香里的头发凌乱地飞扬起来。

"至少我是这样确信的,所以我不肯外出。杀了人,然后伪装成事故或自然死亡的方法不计其数,尤其是对我这样的病人来说。"

"……所以才一直把自己'禁锢'在这个房间里?"

"奇怪吗?大概是这里比较安全吧,这个像钻石一样坚固的鸟笼守护着我。"

这个地方景色优美,也很安全,但是由香里绝不能从这里出去,这就是所谓的"钻石鸟笼"……

"对了,碓冰医生。"由香里捋了捋头发,"你应该觉得奇怪吧?我明明剩不了多少时间了,却还在害怕外出……"

我不知如何回答。由香里走近床边的画架,在画纸上描绘穿着白色连衣裙、在漂亮街道上散步的女子的轮廓。

"无论多么恐惧,你难道不想踏出安全的'钻石鸟笼',好好享受余下的时光吗?"

一言不发站在那里的由香里再次望向我。

"碓冰医生,您会带我走出这个鸟笼吗?"

由香里的视线像箭一般射向我,令我无处遁逃。我伫立在原地,心想必须说点什么,舌头却僵硬得连一个字也说不出来。

"我……"

我努力组织着话语,却不知道自己想说些什么。忽然间,电子音乐演奏的《海滨之歌》的旋律响了起来。

"啊,已经五点了。碓冰医生,辛苦了。"由香里突然用平时的语气说道,像打拍子一样在胸前合起双掌。像是以此为暗号,身上的束缚一瞬间得到了解除,我长长地出了口气。

"今天就到这里了。那么,明天见吧。"

由香里关上窗户,收拾好茶具,我朝着她的背影招呼了一声:"那个……"

"什么?"由香里转过身,手里拿着纸巾,头微微歪着,几十秒前的那番对话宛如白日梦一般。

"没、没什么。"我垂下目光,把桌上的参考书夹在腋下朝门口走去。由香里目送着我的背影。

"那么,失礼了,明天见。"我点点头向她告别。

"嗯……明天见。"

传入耳中的声音透着哀伤,我不禁抬起头。可是眼前是一扇厚重的门,我无法看到由香里的表情。一瞬间,我收回了想推门的手,挠了挠头,大步走向长廊。

从病房出来的瞬间,我感觉刚才经历的仿佛是一场梦。害怕被杀之类的一定是被害妄想症。濒临死亡的患者精神不稳定,陷入妄想的也并不少见。

我在更衣室换好衣服后,离开了医院。穿过停车场走在省道上,身旁一辆银色的轿车飞驰而过。我停下脚步回过头。

映在三一二号病房窗户上的那个纤细身影,不知为什么显得更渺小了。

4

"硾冰医生工作的医院是在广岛市吧?"

用手电筒查看由香里的瞳孔的时候,她忽然问道。

"对,是的。"

我一边确认瞳孔对光的反应情况,一边点头。

"在广岛的什么地方?从广岛车站步行可以到吗?"

"最好坐广电。在和平纪念公园附近。"

"广电?那是什么?"

"广岛市内通行的地面电车。广岛电力铁路的简称。"

"啊啊,是那个啊。那和平纪念公园是原子弹爆炸的地方吗？"

"原子弹爆炸的确切地点并不在公园内，在它附近。"

"修学旅行时去过和平纪念公园，参观过原子弹爆炸资料馆，看完心情非常沉重。"

"去广岛修学旅行的话，原子弹爆炸资料馆是必去之地。不过比起那个，更重要的是听诊，所以请保持沉默。"

躺在床上的由香里拉长语调回答："好的——"

来叶山岬医院实习已经整整十天了。实习期间，每天完成工作后，我就到由香里的病房借用书桌学习，然后两个人一起喝茶，接着回宿舍。这样的生活持续着。

这十天里，由香里的态度变得越来越随意，有时候甚至连私生活都会提起。我也一样，和由香里说话的时候，常常感觉像面对着一个老朋友。只是在第三天之后，由香里再也没有提到过我的父亲。我也不再碰触关于"钻石鸟笼"的话题。

恐怕那天两个人已经感受到了，那是对方内心最柔软的部分，也是最脆弱的部分，一旦触及，就有崩塌的可能。

"现在听听肺部,请反复深呼吸。"

我把听诊器放入由香里毛衣下的胸口处,闭上眼睛,确认肺部没有杂音之后,让她屏住呼吸。呼吸声消失了,取而代之的是咚咚的心跳声,震动着耳鼓。

有韵律的心跳声是由香里活着的证明。我闭上眼睛,把所有感知都集中到听觉上。由香里的心跳与自己的心跳仿佛融为一体,有种与真实世界隔绝开来的错觉。

"没什么异常。"

我从耳朵上取下听诊器。由香里把毛衣领口整理了一下。最后要看一看她脚踝的情况。

"碓冰医生,所有住院的病人,你都要这样检查吗?"

由香里直起上半身。

"嗯?这不是必须做的吗?"

"不是吧,说不定只是对年轻的女患者检查得格外仔细呢。"

"当然不是!"

"开玩笑的,别生气呀。"

由香里笑着摆摆手。

"那么，检查脚能看出什么呢？"

"浮肿，确认身体是否浮肿。脚是最先出现症状的。"

"咦？是这样啊。我还以为你是恋足癖呢。"

"由香里小姐！"

"开玩笑的。啊，说起来，碓冰医生有女朋友吗？"

"啊？"

面对她的突然袭击，我皱起了眉头。

"所以，你在广岛一定有女朋友吧，勾起我的好奇心了。"

"好了，这个话题就到此为止吧。"

我检查完她的脚，又为她盖好被子。

"告诉我吧，好不好？我可是被你摸过胸又看过脚的。"

"不要说这种话，让人听见不好。我根本没有什么女朋友！"

我用力地摇摇头。

"啊，没有啊。你是医生，长得也好看，还很受欢迎……"

"确实，护士们也经常来搭讪。"

"啊，你这个态度就不招人喜欢。"

由香里皱起了眉。

"不觉得谈恋爱很麻烦吗?每天都要给对方打电话,还要时不时地约会,赶上纪念日还得买贵重的礼物,经济条件也不允许啊。"

"碓冰医生真冷酷啊。这样的话,是交不到女朋友的。"

由香里任性地摇了摇头。那种态度令我恼火。

"也不是没交过女朋友。上学的时候跟同年级的女生交往过。"

"啊,是嘛,是什么样的人?"

"不需要每天打电话、约会、送礼物的家伙。"

我回答。由香里看看我,叹了口气,仿佛在说"看吧"。

"别多管闲事了。另外,我们现在还在同一家医院实习。"

"这样啊。那为什么分手呢?"

由香里装作漫不经心的样子,眼睛里却闪烁着好奇的光芒。

"三年前她突然提出了分手,只说了一句'从今天开始结束恋人关系吧'。"

"呃?就这样?"

我点点头:"就这样。"

"那么,跟以前的恋人还在同一个职场,不会尴尬吗?"

"完全不会,因为关系并没有太大的改变。"

"关系没变?"

"就是保持原状的意思,会正常地交谈,也一起吃饭,偶尔也在我这里过夜。"

"过夜?难道……"

"嗯,也做爱。"

因为不屑于隐瞒,我索性实话实说。

由香里的眼睛睁得有平时两倍大,一眨不眨地盯着我的脸。

"那……难道不是恋人关系吗?"

"应该不是,因为对方说'不一样'。"

"呃?不是恋人……却在你这里过夜。"

我注意到由香里的眼神里掺杂着一丝不屑。

"有什么不对吗?这是我们双方都默认的,只是关系稍微有点复杂而已。"

"无论碓冰医生的异性关系有多复杂,对我来说都无所谓。"

她眼中的不屑之色越来越浓,我慌忙转移话题。

"那由香里你呢?有没有在交往的人?"

"我?"由香里优雅地指了指自己的鼻尖。

"是啊,现在没有恋人吗?"

"我从中学到大学读的都是女校,没有接触男生的机会。当然,进入社会后还是有机会与男生接触的。但无论如何,跟'风流医生'相比,我怎么看都算是不谙世事的大小姐。"

"能不能别叫我'风流医生'?"

由香里无视我的抗议,望向空中。

"我始终在寻找命中注定的那个人——一眼看到他,便觉得'就是这个人',想和他共度余生。"

"命中注定?"

"嗯,像个傻瓜吧?"

"不,不是这个意思。"

我连忙摆摆手。

"很早以前听过一个传说。据说出生的时候,一个人的身体会分成两半。为了恢复成完整的一个人,会一直寻觅自己的另一半身体。所以,原本是一体的两个人会自然而然地相互吸引。"

"这就是命中注定啊……"

"是的。当遇到从自己身体里分裂出去的另一半,就想跟那个人在一起,这样才能幸福。"

"很浪漫啊。"

"怎么?是不是让'风流医生'觉得不自在了?"

"别再这么叫了。你后来遇到那个命中注定的人了吗?"

"这样可不行。别这么冒失地追问一位女士。不善解人意的男人可不受欢迎。"

我向愠怒的由香里耸耸肩,朝出口走去。

"我得去写病历了,先告辞了。"

"好啊。"

"两点再来叨扰。"

"啊,抱歉,今天稍微晚点可以吗?"

由香里朝我双手合十。

"嗯?"

"有客人来访,可能要待到三点。客人走了我再叫你,多等一会儿好吗?"

"当然没问题。"

"谢谢了。那么下午见。"

由香里挥挥手,看着我走出病房。我一边往走廊深处走去,一边按了按太阳穴。我发现,目送我出门的由香里的脸上带着从未有过的紧张。

吃过午饭，写完诊疗记录和处方，我无所事事地在走廊里散步。看了下手表，大约两点半。以前试过在休息室里学习，可窗外的机器声实在难以忍受，只得漫无目的地在院子里徘徊。

我停下脚步望着天花板。此刻，由香里的房间里有"访客"。

想起几个小时前由香里脸上僵硬的表情。到底是谁呢？

这样岂不是在窥探患者的隐私？我甩甩头继续往前走。右侧的落地玻璃窗外就是宽广的中央庭院。到院子里散个步也不错，我一边想一边打开侧门走出去。外边温暖得不像是二月的天气。柔和的阳光照在脸上，让人十分惬意。

我朝着环绕着喷泉的花坛走去。庭院里有几位患者的身影。在靠近喷泉的地方，内村正让一位面熟的护士给自己理发。

"在剪头发吗？"

我走过去，穿着罩衣的内村低着头，脸上带着得意的神色。

"她原来可是美容师，什么时候找她理发都行，还能在景色这么美的地方理。真是一家了不起的医院。只要提出需求,任何事都能办到。"

"也不是什么时候都行,只能是我空闲的时候。"

那位看上去三十岁左右的护士一边用着梳子和剪刀,一边说道,她的手法非常专业。

"碓冰医生,你散完步也理个发吧。喜欢的话,还可以烫一下或是染成棕色。"

"不用了。"

我苦笑着继续往前走,看到了稍远处坐在轮椅上被护士推着的花女士,便快步走过去。

上午查房的时候,我注意到她脚上的浮肿,再次提出服用利尿剂的治疗方法,但是又像以往一样被她委婉地拒绝了。

"您好,花女士。"

"啊,真少见,碓冰医生也来散步了?今天天气可真暖和啊。在天气这么好的日子,走在这漂亮的庭院里——以前跟家里那位也有过这样的时光……"

像往常一样,花女士又提到了和丈夫有关的回忆。我说了句"失礼了",半跪在轮椅边查看她的脚。整只脚浮肿得连脚踝都分辨不出了。

"花女士,脚果然肿得更厉害了,还是开始服用利尿剂吧。"

"不吃那东西不行吗？"花女士噘起了下唇，说道。

"嗯，这么肿下去的话，会加重心脏负担的。"

"心脏的承受力到了极限，就可以去那个世界跟丈夫见面了。"花女士半开玩笑地说。

"别这么说。我现在给你开处方，然后开始服药吧。"

我说着便告诉护士："开二十毫升的处方药。"

花女士听见我的话，提高了声调说道：

"利尿剂明早再喝不行吗？下午喝了利尿剂，夜里得不停地起来。明早开始我就按你说的认真服药。"

"明天啊……"

"夜里去厕所很可怕，黑漆漆的，人又困，摇摇晃晃的，很容易摔倒……"

"明白了。那好吧，明早开始必须得服药了。"

我没有办法，不得不让步，花女士愉快地点点头。

目送花女士往医院里走的时候，我看到两个西装打扮的中年男子朝面向走廊的一层玄关走去。那是两张从来没见过的面孔，是来探望病人的访客吗？

谈笑风生的两个人中间，有一位的脸朝着我这边。视线相交的瞬间，我脊背一阵发凉。尽管那个人脸上带着笑容，但眼神中丝毫没有感情。我有种仿佛被爬行动物盯上的感觉。

男人从我脸上移开视线，跟同行的人说笑着走远了。

我扭了扭脖颈，坐在身边的长椅上，暖暖的阳光洒满全身，犹如身处阳春时节，睡意渐渐袭来。望着繁花盛开的庭院，我竟然陷入了恍惚之中。大概过了几分钟，突然有人从身后拍了拍我的肩膀，我猛地回过头，一位戴眼镜的年轻女子出现在面前。

她身材纤细，穿着毛衣和牛仔裤，外面还罩了一件外套。干练的短发染成鲜艳的橘黄色，年龄和我相当或者稍微比我年长一点。大大的眼睛，纤巧挺直的鼻梁，是个不折不扣的美人。浓妆和华丽的发型营造出一种让人难以接近的气场。她涂着浓重眼影的眼睛微微下垂，透过镜片直视着我。

"你就是碓冰医生？"

女子跳过寒暄环节，直接问道。

我迟疑地点了点头，女子伸出右手，露出天真无邪的笑容。

"我是ASAGIRIYU，汉字写作'朝雾'，意思是

'早晨的雾',加上一个理由的'由',请多关照。"

我被她的气势震慑住,也下意识地握住她的右手,说了一句:"啊,请多多关照。"

"呃,那个……朝雾女士。"

"叫我小由就可以了。"

自称小由的女子情绪颇为高涨地说道。

"这样叫不好吧,我们又不是朋友……"

"您既然是由香里的朋友,就等于是我的朋友。"

小由大大咧咧地在我身边坐下。

"终于见到碓冰医生了,一直听由香里说起你。"

"呃,小由,您是由香里的熟人吗?"

"由香里和我是关系最亲密的好朋友,就像知己一样。"

"知己……你就是由香里说的今天来医院探望的朋友?"

"探望?"

小由的脸上浮现出恶作剧般的笑容。

"我是患者呀,在这儿住院的患者。"

"咦?"我不禁发出惊讶的声音。

"也难怪,我打扮得这么时尚,而且很有精神,你看不出来也正常。不过,我真的得了很严重的病。"

小由摘下眼镜朝我看过来。她左右两眼的眼球动起来有轻微的不协调感,恐怕是控制眼球运动的神经有异常。

"有时候看东西会有重影。虽然不太方便,但也习惯了。"

小由重新戴上眼镜。之所以没跟我碰过面,可能是因为她住在二层吧。

"那么,你找我有什么事呢?"

"也没什么特别的事,好友的男朋友,我怎么也得见一面吧。"

"……看来是有什么误会,我和由香里并不是恋人关系。"

"又来了又来了,我都知道了。你们两个人每天都在她的房间里待一下午。"

小由说完,用胳膊肘戳了戳我的肋骨。

"我只是借用那个房间的书桌学习而已。休息室旁边的机器太吵了。"

"由香里也是这么说的,口径倒是一致。其实呢,两个人一直在打情骂俏吧……"

"没有的事。"

我直截了当地否认了,小由的眼神黯淡了许多。

"呃？当真只是借用书桌？是不是因为由香里害羞不好意思说，才用这件事来掩饰？"

"不是。"

"这样啊。我还为由香里找到了男朋友而高兴呢。不好意思，看来是我搞错了。"

"呃，也不用太在意……"

"啊，对了，告诉你一件好事，算是赔罪。"

小由朝我双手合十，清脆悦耳的声音在我耳边响起。

"碓冰医生，你是从宿舍过来的吧？其实有一条近路。"

"近路？"

"对。从正门的玄关出来就是省道，到宿舍的话走起来很绕吧？穿过树林，有一条路直接通到宿舍附近，可以节省五分钟的时间。"

小由指向中庭尽头的树林，的确能看到那儿有一条小道。

"从那儿过去吗？"

"虽然有点不好走，但真的很方便。"

我"啊"了一声表示回应。小由双手在脑后交叉，肩膀往后仰。

"说起来,你如果真是由香里的男朋友,我倒是安心了。"

"安心?"

"我和由香里是同龄人,关系非常好。但是,她经常把自己关在病房里,让我很担心。"

小由看着喷泉,喷出的水柱在阳光下闪闪发光。

"如果我先走了,就只剩下由香里孤零零一个人了吧?"

如果我先走了,如果我先去世了……听到这样的字眼,我想说的话停在了嘴边。

"可是,碓冰医生来了以后,由香里变得很有生气。以前的时候,该怎么说呢——她每天都困在病房里,非常痛苦。但现在她好像变得积极一点,开始往前看了,所以我才以为她有了男朋友。"

"对不起,让你失望了。"

"啊,别放在心上,是我自己误会了。"

小由轻轻摆摆手,歪着头冲我微笑。

"尽管不是恋人,但碓冰医生让由香里变得开朗起来了,这是事实。跟同龄人谈论各种话题一定很愉快,所以拜托了……"

小由说着,起身走向喷泉。

"拜托？拜托什么？"

小由忽然回过头来。喷泉的水柱折射出的光映在她橘黄色的头发上。

"如果我不在了，请你一定要成为由香里的精神支柱。"

"你见到小由了？"

由香里往杯子里倒着红茶。

十几分钟前被拜托"要成为由香里的精神支柱"，我正不知所措的时候，三层的护士来到中庭告诉我："弓狩小姐说，可以去她的病房了。"小由便说了句："好，那我先走了。"

我被她推着后背，押送到了三一二病房。这会儿，由香里已经准备好了红茶。

"是的，就在刚才。"

"没说什么奇怪的话吧？"

由香里带着试探的意味看了我一眼。

"她问我是不是由香里小姐的恋人？"

"啊，果然如此。我已经跟她解释过很多次了，她总是说着'又来了又来了'，根本不听。"

由香里模仿着小由的语气，用一只手遮住了脸。

"我想这次我应该说明白了,误会估计解除了。"

"那最好了……她没再说什么奇怪的话吧?"

我的脑海里闪过小由在喷泉前面微笑的样子,她分明说了"请你一定要成为由香里的精神支柱"。

"别的……没有了。"

为了不让她从我的表情中看出端倪,我低下头喝茶。

"你跟小由关系非常好吗?"

由香里一瞬间露出开心的笑容。

"嗯,我们俩差不多是同时住院的,而且年龄相仿。这里的患者很少有年轻人,两个人自然而然地开始聊天,很快发现非常合得来。小由一有空就来我的房间说说话。"

"但是,怎么从来没跟我碰过面呢?"

由香里转了转脖颈,叹了口气。

"一到下午两点,她就说着'打扰你跟男朋友在一起的时间就不好了',起身就走。"

"啊,原来如此,怪不得。"

"这种固执己见的家伙真让人为难。之前也是……"

由香里噘着嘴讲起跟小由交往的经过,但脸上分明洋溢着幸福。

"嗯,那种感觉总像被她牵着鼻子走。"

滔滔不绝地说了十几分钟,由香里结束了讲述,无奈地耸了耸肩。

"不过,乍一见面,很难相信那位时髦的小由是病人,她就像从有品位的时尚杂志上走下来的模特儿……"

我说到这儿,由香里突然把身子探到我面前。

"碓冰医生!"

"什、什么?"

"你……你不会把小由当成狩猎目标了吧?"

"你怎么会这么想?"我大声反驳道。

"你看,你又说'有品位',又说'好像模特儿'之类的……"

"我只是叙述一下自己的感受。在你眼中,我到底是多么没操守啊。"

看来在由香里的心目中,我是个相当轻浮的男人。

"那就好。"由香里放心地呼出一口气,"小由是有恋人的,就是那种'命中注定的人'。"

"分离出去的另一半身体?"

我打趣道，由香里却认真地点了点头。

"是的，所以我才不希望你破坏他们两人的关系。"

"不会的。不过你这么担心，看来你们的关系真的很好。"

由香里用手指着自己的太阳穴，脸上浮现出忧伤的微笑。

"嗯，因为同样是脑袋里埋着'炸弹'的伙伴。"

一踏进二层的护士站，正在做输液准备的护士向我投来诧异的目光。我轻轻点点头。护士并没有太多的兴趣，注意力很快又回到自己的工作上。我暗自平复情绪，走了进去。

下午五点，原本打算巡视完三一二号病房就下班的，但由香里那句"同样是脑袋里埋着'炸弹'的伙伴"触动了我，所以我便来到了二层的护士站。

在此之前，我从来没有来过这里。我走近病历架，在十多个病历夹的背脊上扫视，很快看到了"朝雾由女士"的字样。

我从架子上把那本病历抽出来，在旁边的椅子上坐下。

翻开病历本，首先看到的是夹在首页的一号纸。患者的姓名下面有"外伤性蛛网膜下出血后遗症，高级脑功能障碍，巨大颅内动脉瘤"的记录。

"蛛网膜下出血……"

我自言自语着，视线移到了病历栏。

> 今年五月，和父母乘车时与大卡车相撞，被送至急救中心（双亲当场死亡）。因坐在后座并系有安全带，故外伤轻微，但经CT确诊为蛛网膜下出血，在ICU接受保守治疗，全身状态稳定，却留下高级脑功能障碍的后遗症。之后通过核磁共振发现巨大的脑动脉瘤，判定为事故前就已存在的动脉瘤因撞击而破裂。本想进行开颅手术预防再次破裂，但因肿瘤位置太深，手术存在困难，且恰好位于脑血管末梢处，连线圈栓塞术也无法实施。综上所述，尽管脑动脉瘤再次破裂的危险性极高，但只能采取随访的治疗方法，并转入本院。

"这的确也是一颗'炸弹'啊。"

我从病历上移开视线。

长在脑动脉上的肿瘤——动脉瘤一旦因故破裂

画下本书封面吧!

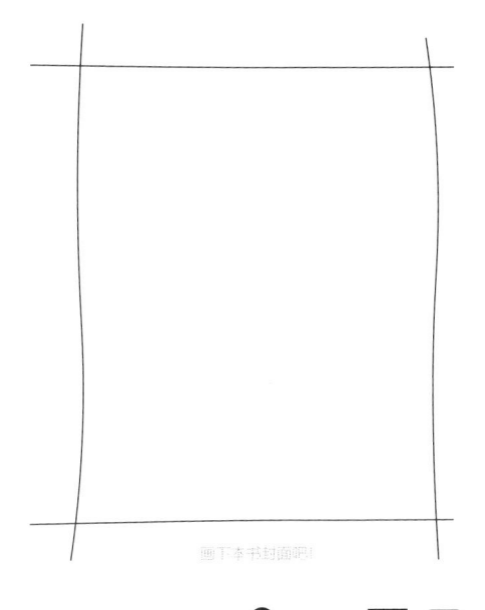

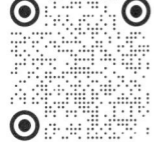

from 未读 → to 已读 99+

扫码或搜索关注小红书
@未读Unread 查看活动详情

使用说明:
沿虚线裁开本卡片,即可获得1张读书笔记小卡。
填写并收集本卡片,在小红书发笔记可兑换 未读独家文创。 卡片数量越多, 文创越是重磅。

注「未读」, 未读之书, 未经之旅。一个不甘于平庸, 富有探索与创新精神的综合文化品牌,为读者提供有趣、 实用、 涨知识的新鲜阅读。

本活动最终解释归「未读」所有

书名　　　　　　　　作者

我的评分　　　　　　阅读日期
★ ★ ★ ★ ★

最爱金句

我的书评

UNREAD

一起制作读书笔记吧！
把「未读」变成已读

出血，便会引发蛛网膜下出血，这属于脑卒中的一种。小由的情况属于因交通事故撞击脑部而引发的。

动脉瘤出血即便暂时止住，再度破裂的概率也是很高的，那样的话会诱发更严重的病症，所以一般会通过手术的方式来预防。但是从病历上来看，小由的情况是动脉瘤的位置很不好，无法接受手术。

翻过这一页，夹在病历当中的是核磁共振图像的复印件，像金平糖一样扭曲的巨大动脉瘤正在侵蚀脑血管。那肿瘤的面积之大令人咋舌。

动脉瘤越大，破裂的可能性越高。况且小由的动脉瘤已经破裂过一次，现在变得更大了，的确是名副其实的"炸弹"，随时可能爆炸，夺取她的性命。

小由的眼球运动异常大概也是蛛网膜下出血的后遗症。我想起病历首页上记录的疾病名称——高级脑功能障碍。

因为脑损伤引起的障碍有很多，比如记忆障碍、注意力障碍、功能障碍、社会行为障碍、失语或失读、意识丧失等，这诸多症状都属于高级脑功能障碍。

那么，小由到底是哪种障碍呢？正要合上病历的时候，我的前臂突然被一只伸过来的手抓住。我惊讶地抬起头，不知什么时候，院长已经站在那儿了。

"你在干什么？"院长握住我的前臂，低声问道。

"没有，那个……我觉得有必要了解一下二层患者的信息。"

院长眯起眼睛，俯视着拼命想掩饰内心的忐忑的我。他冰冷的视线令人不寒而栗。

"没那个必要。你只要负责三层的患者就好。"

院长把小由的病历拿过去，尖尖的下巴颤了一颤。

"我查看二层患者的病历，有什么问题吗？"

"没什么问题，只是没有必要。从今往后，没有指令不许再到二层来。"

我咬住牙关站起来，走出护士站。院长是这家医院的负责人。如果触怒他，他是可以把我赶出医院终止实习的。我不得不服从他的指令。

走下楼梯，我停下脚步回过头。为什么院长会有那么激烈的反应呢？就像在拼命隐藏什么难言之隐一样。

疑惑不禁涌上胸口：难道这所尽可能满足患者愿望的理想医院背后，在进行什么可怕的勾当？

窗外的夕阳把中庭照得通红，在我看来却比平日暗淡了许多。

　　高亢的爵士乐在房间里回响。躺在床上的我一骨碌坐起来,一把抓起枕边的手机。液晶屏上显示着"叶山岬医院"的字样。

　　我摇了摇昏沉沉的头,点了一下通话键,视线移到墙上的挂钟上。在长明灯微弱的灯光下,时钟的指针指向四点二十三分。

　　深夜打来的电话……不祥的预感涌上胸口。

　　"碓冰医生,有突发状况!"

　　电话里传来年轻女子尖锐的声音,大概是值夜班的护士。"突发状况"这个词让我大脑中的云雾瞬间散去。

　　"谁有突发状况?什么症状?"

　　"是花女士。她打电话来说很难受,我到病房的时候,她已经失去意识了。"

　　花女士……我揉揉眼睛,高声问:"体征数据呢?"

　　"高压七十六,低压三十二,脉搏一百三十二,血氧饱和度百分之八十八。"

　　情况很危险,我感到脊背发凉。

"向院长报告了吗?"

"马上向院长报告,她是三层的患者,所以首先向您汇报。"

叶山岬医院采用的是院长夜间在家中待命的机制,有突发状况会立刻到位。但是,院长家离医院有五分钟的车程,紧急状况下还是联系我更快一些。

一出宿舍,我全速向医院跑去。昏暗的街灯下,我跌跌撞撞地赶到了医院,有好几次险些摔倒,然后穿过黑暗的长廊跑上楼梯。

"情况怎么样?"

我冲进花女士的病房,努力控制着凌乱的呼吸问道。

护士长和一位年轻的护士站在花女士的床边。

"血压很微弱,测量不到。呼吸不稳定!"护士长飞快地说道。

躺在床上的花女士微微睁着眼睛,呼吸很浅。病号服下的胸部微微上下起伏,发出"咻——咻——"的鸣笛般的喘息声。

慢性心衰急性加重——看到症状后,我迅速做出诊断。她衰弱的心脏无法承受负荷,此刻已经到了极限。

如果昨天就用上利尿剂的话……强烈的懊悔涌上心头。

"医生,该如何处置?"护士长问。

"给她服用强心剂,并注射利尿剂。"

我发出指令,护士长说了声"马上准备"便走出病房。房间里只剩下我和花女士,还有年轻的护士。

"跟院长以及花女士的家属联系了吗?"

"院长说几分钟后赶到。跟花女士的外甥也取得了联系,但对方住得很远,可能得一个小时以后才能到。"

房间里响起警报。我看了看监视器,血氧浓度在迅速下降。

"必须进行辅助呼吸了!马上做气管插管,赶紧准备吧!"

护士应了一声"是",从急救推车中取出急救导管和喉镜。

"在管子前端涂上盐酸利多卡因,准备快速插入。"

我接过喉镜,站在花女士头部一侧,将覆盖在她嘴上的氧气面罩拿开。

"不要!"

在我把手伸向花女士嘴边的瞬间,房间里突然有人大声叫道,是我熟悉的声音。我回过头,不知什么时候,穿着睡衣的由香里出现在了门口。

"由香里小姐,请回自己的房间。"

我冲着她叫道,由香里却大步走过来,直截了当地说:

"别对花女士这样做。"

"你在说什么?!别干扰抢救。"

"不行!不能这样做!"

由香里用湿润的眼睛凝视着我。

她在胡说什么呢?快让开!尽管场面有些混乱,但该进行的处置还是得完成,于是我再次把右手伸向花女士的嘴边。就在这个时候,护士突然惊呼:"医生,心电图!"我扭头朝心电图监视器看去,不禁心头一颤。

刚才一直以一定节奏波动的心电图,突然跳起了毫无规律的舞蹈。

是心室颤动。在这种状态下,整个心脏会出现痉挛,无法将血液输送到全身,是心脏骤停的一种类型。

"进行心脏复苏,消除震颤,准备电击,然后从点滴侧管快速注射肾上腺素。"

我一面飞快地发出指令,一面爬上床,在花女士胸骨的中心部位双手施力,准备开始做心脏复苏,谁知右臂被人用力地拽了一下,险些从床上跌下去。

"拜托了,别这样做!"

由香里一边拽我的胳膊,一边大声喊叫。

"请注意分寸!"

我毫不犹豫地甩开右手。失去重心的由香里跌坐在地上,小声地叫出来。

"啊……"

一瞬间,我下意识地把手伸向由香里,忽然想到现在不是顾及她的时候,于是回过神来,继续准备进行心脏复苏。

"碓冰医生,请停止心脏复苏!"

一个声音在房间中响起,迫使我停止了动作。那声音比由香里的要粗犷许多。返回病房的护士长正气喘吁吁地看着我。

"花女士是DNR!"

我瞬间被护士长的话击溃了。DNR是指患者曾表示如果自己心肺功能停止,将不再进行心肺复苏,接受自然死亡。对于提前确认过的患者,将尊重其本人的意向，不进行插管或心脏复苏。

我把放在花女士胸骨上的手拿开，从床上下来。显示器上剧烈晃动的心电图的波动幅度逐渐变小，最后成了一条直线。护士长切断了刺耳的警报声。房间被怪异的寂静笼罩着，让人怀疑是不是耳朵出了问题，仿佛整个世界都静止了。三分钟后，脑细胞就会死亡，其他器官的功能也将陆续停止。不久后，她会迎来真正的死亡，而我只能眼睁睁地看着眼前这一幕发生。

无力感从体内涌出，吞噬了我的全身。我呆呆地望着花女士，突然意识到由香里还坐在地上，慌忙伸出手去。

"呃……刚才不好意思……"

由香里抬起眼睛。她的脸上没有任何表情，仿佛戴着一张面具，令人脊背发凉。

由香里没有拉住我的手，自己站了起来，小跑着离开了病房。

"碓冰医生……请进行死亡确认。"

护士长把听诊器和手电筒递给呆立着的我，我无力地点点头接过来，拖着沉重的脚步走到床边，脚上像被套上了枷锁一般。

躺在床上的花女士仿佛只是睡着了，唇边露出满足的微笑。

我在死亡诊断书上签字盖章。为了确认是否有遗漏，我把写好的诊断书重新读了一遍，看到"直接死因"栏里的"慢性心衰急性加重"的字样，我咬住了嘴唇。距离花女士死亡已经过去两个小时了。

从几天前开始，花女士下肢的浮肿程度已经很严重了，当时就知道是心脏的负荷达到了极限。如果早一点服用利尿剂的话……懊恼像一把刀切割着我的心。

花女士的外甥已经到了医院，他委托的殡仪馆职员也做好了搬运遗体的准备。把这份死亡诊断书交给家属后，剩下的就是目送搬运遗体的人们离去了。

我把手肘撑在桌子上，双手捂住脸，闭上了眼睛。死去的花女士的面容和由香里面无表情地望着我的模样交替浮现在脑海里，挥之不去。

"碓冰医生，辛苦了。"

一个机械的声音传来。我抬起头，不知什么时候，院长站在了一旁。到医院后，院长一直忙着听取护士长的汇报，向花女士的亲属说明情况，还没有跟我碰过面。

"听护士说，你应对得很利落。"

"不，并没有……"

这意料之外的夸赞让我十分疑惑。

"照着这个节奏去做就好，剩下的实习时间也拜托你了。"

院长说完便想离开。

"请等一下！"

我唤住了他，院长转过身来。

"怎么了？"

"花女士的病情突变……是我的责任。"

我垂着头，向院长汇报了在察觉到浮肿的情况下并未及时使用利尿剂的行为，说完等待着院长的反应。

"正是因为尊重她的愿望，你才没有使用利尿剂，对吧？"

"您为什么这么说？"

我惊讶地抬起头。

"关于患者的治疗，我会听取所有护士的汇报，进行确认。"

"那么，花女士的情况……"

"当然也知道。这次你的做法没有问题。如果是我的话，也会这么做。"

"但是，如果早点使用利尿剂的话……"

"她是在了解风险的前提下选择不使用利尿剂的。我们有完备的知情同意书。医学和医疗之间有很多似是而非的东西。在医学上认为正确的治疗，未必是患者本人所希望的，这种情况并不少见。"

"可是……"

"她真正期待的是什么，你了解吗？"

"花女士她……期待的……"

"你在'医学'方面学习得很好，通过之前的实习，我已经充分了解这一点了。但你对'医疗'的理解还远远不够。在剩余的实习时间里，我希望你在这方面多多深造。这一次，你应该反省的是没有事先掌握花女士是 DNR 的情况。"

院长用平淡的语气结束了谈话，转身离去。向来严厉的院长却说出这番鼓励的话，不免令我皱起了眉头。这时，听到护士站里的护士在叫我。

"碓冰医生，准备送别花女士了，请来正门玄关这儿。"

"知道了。"

我拿着刚刚写好的死亡诊断书向正门的玄关走

去。后门敞开着,遗体搬运车停在玄关前,三层的护士们和院长伫立在一侧。

不久,殡仪馆的职员们从员工通道把已经换上白衣的花女士推了出来。跟在旁边的中年男子是花女士的外甥。殡仪馆的工作人员把花女士的遗体往车上搬运的时候,花女士的外甥走到我面前。

"请节哀顺变。这是诊断书。"

我的声音中带着紧张和不安,边说边把装着诊断书的信封递给他。那位外甥接过信封后深深鞠了一躬,我几乎能看到他头顶的发旋。

"承蒙您一直照顾叔母。叔母说能在这家医院度过这段日子,真的非常幸福。叔父去世后,叔母一直萎靡不振,能开心地度过余生,都是托大家的福。"

我正要说"不,并没有……"之类的,院长往前走了一步。

"花女士的笑容也照亮了整个医院。如果在这里度过的时间能让花女士感到幸福的话,我也很欣慰。"

院长露出微笑。外甥再次鞠了一躬,说"真的非常感谢",便转身朝停在停车场的私家车走去。载着花女士遗体的车先出发,外甥的车紧随其后。我们医护人员都低着头目送车辆远去。

两辆车都从视野里消失后，我们缓缓地抬起头。护士们陆续返回医院。本想跟在她们身后回去的我停住了脚步。

从这里望过去，可以看到三一二号病房的一角，由香里从那里探出身子，可能是在目送花女士离开吧。

我把视线从由香里身上移开，身体沉重得好像所有关节都生了锈。

"查房……结束了。"

我打了个招呼，由香里疲倦地从床上坐起来。

花女士的送别告一段落之后，医院恢复了往常的状态。我也一如既往地在查完三层的病房之后，来到由香里的房间。

跟平日不同的是，三一一号房间里不见了花女士的身影。我和由香里之间出现了一种莫名的不舒服的感觉，而直到昨天，我们还是无话不谈的朋友。

我一边往脖子上挂听诊器，一边用余光观察由香里。正不知如何开口的时候，由香里先说话了，她的嘴唇显得比平时苍白。

"还在为今天早上的事生气吗？"

"……没有。花女士是 DNR，你是对的。"

"DNR？"

由香里不解地望着我。

"就是患者希望在心肺功能停止的时候，不进行人工呼吸或是心脏复苏，顺其自然的意思。"

"啊，这么说来，我住院的时候也被问过这种问题。"

"你是怎么回答的？"

我条件反射般地问道，话一出口，便为这不假思索的问题后悔了。由香里的脸上始终带着哀伤的微笑，这就是她的答案了吧。

"花女士不同意做复苏，你之前知道吗？"

"不知道。"

"……那为什么阻止我呢？"

我原本是想用冷静的语气提问，但不知怎的，却变成了质问的口气。

"我自己也不太清楚……"

由香里的视线游移不定，仿佛是在寻找措辞。

"每次跟花女士聊天，她总是说起关于亡夫的回忆。而且最后一次跟她说话时，她说了一句——我也想快点到丈夫那儿去啊。"

的确，我也多次听到过这句话。

"我啊,其实挺羡慕花女士的。人生中该做的事情都做了,然后安心地等待着死亡。我还有很多想做的事,却不能……"

由香里把视线投向窗外。

"而且花女士还说过'那么肮脏的死法真是令人讨厌,见到丈夫会被他嫌弃吧'之类的话。"

不愿勉强延长生命,只想安安静静地去见先走一步的丈夫。这才是花女士的愿望,而我以前并没有领会她的心意。

我咬紧牙关。

"但是……"

由香里用蚊子叫般细微的声音自言自语。

"我不是为了花女士才阻止你的。"

"……什么?"

"那时候,我被屋外的动静吵醒,感觉可能发生了什么事,便来到走廊里。当时护士长刚好从房间里飞奔出来……"

由香里望向天花板,眼神显得虚无缥缈,仿佛此刻她正在做一场白日梦。

"我看到房间里,你正在竭尽全力地抢救花女士。然而,我看到的似乎又不是花女士。"

"不是花女士的话，你以为是谁出事了？"

"我自己。"

由香里把失去焦点的眼睛转向了我。

"我似乎看到碓冰医生正在拼命抢救濒死的我。意识到这一点，我才不顾一切地阻止你。"

"为什么要那样做？你跟花女士不一样，还有很多想做的事，对吧？"

由香里没有回答。远处的波浪声轻轻振动着房间里凝重的空气。

"……三千零六十八万日元，对吧？"

由香里打破了沉默。

"什么？"

我不禁反问了一句。

"碓冰医生债务的总额。这些钱，我来帮你还吧。"

"什么……你在说什么？"

"我虽然有很多钱，但是看如今的情况，最后都要被那位没见过面的亲戚拿走。不如先写好遗嘱，在我死后把三千零六十八万日元留给碓冰医生，作为你跟我交谈的谢礼。"

"……你说这些，是认真的吗？"

我的声音开始颤抖。

"当然是认真的。或者可以再多留一些,怎么样?比如说你妹妹的学费,还有其他必要的支出……"

"别开玩笑了!"

我愤怒的声音仿佛让房间的墙壁都在颤抖,怒火淹没了我的理智。

"我又不是乞丐!不是为了钱才来借书桌的!"

"啊,我没有别的意思……"

由香里的脸上现出狼狈的神情。

"那么,你到底有什么目的?因为陪你说话才送给我一大笔钱?有钱人就那么伟大吗?我是穷,但并不是因为穷就没有尊严。我在努力摆脱这种状况。请不要侮辱我!"

郁结在胸中的燥热仿佛跟着呼吸一起倾泻而出,我气喘吁吁。愤怒的浪潮平息后,心变得像石头一般冷冰冰、硬邦邦的。

"抱歉,刚才不该用那么大的声音说话。"

干涩地道歉后,我朝门口走去。感觉由香里想开口挽留,但我并没有停下脚步。

"借用书桌就到此为止吧,失礼了。"

我握住门把手,礼貌地道别后,头也不回地走出了房间。

5

重低音让五脏六腑都在颤抖。我把手中的圆珠笔放在桌上,抱住了头。面前是打开的英文习题集,两个多小时过去了,几乎毫无进展。

花女士的送别仪式已经过去三天了。我在叶山岬医院的实习也满了两个星期,已经到了关键的时候。这三天以来,我没有再在午后时分去由香里的房间,工作结束后,就在这六叠大的狭窄的休息室里学习。可是,挂在窗外的机器发出剧烈的轰鸣和震动,让人根本没法集中精力。

不,原因不仅仅只有这些。我狂躁地挠着头。我分明知道无法专心的理由——由香里满眼渴求地望着我的身影在脑海中闪过。

"今天下午来我房间吗？"

下午的巡诊结束后，由香里这样问我。我避开她的目光，含糊地说了句："不知道。"

"错的是由香里，不是我。"

不经意间脱口而出的话，消失在机器嘈杂的声音中。

对由香里大发雷霆的事仍然在内心深处煎熬着我。随着时间的推移，我越来越难以理解当时为何如此激动。

是因为由香里在言行上显示出了有钱人的优越感，还是因为自己的处境被别人当成了笑话？的确有这些因素，但又不仅仅是这些。

自己的怒火到底来自哪里？答案始终不得而知，这令我陷入焦虑的情绪中。

我把双手撑在桌子上，顺势站起来。换换心情吧。

出了休息室，我沿着走廊向前走。这家医院的一层还有一间娱乐室，配有台球桌、飞镖，还有小型图书馆和带壁炉的会客厅。

既然已经花了那么多钱，给休息室做一下隔音处理不行吗？我暗自抱怨着，沿着走廊走向中庭，伸手去推那扇玻璃门,想呼吸一下外面的空气。

屋外清冽的空气刺痛了皮肤,轻轻呼出的气息凝成一团团白雾。

暖和的日子已经持续了一段时间,但今天仍然是二月的寒冷天气。我径直朝中庭的喷泉走去,站在喷泉前面反复深呼吸。

滞留在体内的热气逐渐被稀释。从喷泉中溅出的小水花随着风落在脸上。

我眯起眼睛擦脸,后脑勺突然被人打了一下。我慌忙转过身,不知什么时候,一位染着橘黄色短发的纤瘦女子站在了身后,扬起的手还没来得及放下。

"平白无故的,你打我干什么?"

"还问我干什么!"

一头橘黄色头发的女子——小由,按住我的头怒吼道。我被她咄咄逼人的气势震慑住,她歪着头气愤地瞪着我。

"你为什么在这儿?现在这个时间,你不应该在由香里的房间里学习吗?你们之间发生的事,我都听说了。"

"……这些跟由小姐没关系吧。"

"怎么没关系!"

小由再次愤怒地提高了嗓门。

"由香里是我的恩人。生病以后,是她把我从恐惧又不知所措的状态中拉出来的。"

我想起前几天看到的"朝雾由"的病历。小由的脑袋中有一颗巨大的脑动脉瘤,不知什么时候就会破裂,而且一旦破裂便会危及性命。正是因为有一位同样在脑袋里埋着"炸弹"的伙伴由香里,她才能努力地活下去。

"听说最近两三天,下午你都没去由香里的房间,对吗?"

"去不去是我的自由!"

小由从背后抓住我白大褂的衣领。

"这不是你一个人的事!你知道由香里心里多么难受吗?这家医院的宗旨是实现患者的愿望吧?你的所作所为却背道而驰!"

"听了那种侮辱人的话,我没办法装作若无其事。"

我甩开小由的手。

"侮辱?你以为由香里是为了羞辱你,才要替你还钱吗?"

"我知道她不是故意的。可是,无意识的羞辱也是羞辱,否则她就不会说什么替我还钱的话了!"

"你说的是认真的吗?"小由眯起眼睛。

"难道不是吗?"

"当然不是!"

小由注视着我,那双大眼睛像极了由香里的眼睛。我下意识地闭上了嘴。

"由香里根本没有什么别的目的。"

小由一改之前咄咄逼人的气势,开始娓娓道来。

"她害怕外出,所以每天把自己关在房间里画画。等待'炸弹'爆炸的日子里,她也打算这样毫无意义地消磨时光。恰好在这个时候,你出现了。"

"我……"

"是的。对你来说,可能只是单纯地借用一下书桌,但在由香里看来却是翻天覆地的变化。跟你一起度过的时间,对她来说是全新的感受。是你改变了她一成不变、沉闷乏味的生活,所以她想向你表达谢意。"

"所以她才说要替我还债?"

"不然呢,那她该怎么做?"

我一时说不出话来,小由似乎有些意外。

"由香里只能通过这种方式来答谢你。她有很多钱，却没有办法花掉，所以才想在死后帮你摆脱一直束缚着你的债务。"

"束缚？"

我皱起眉头反问道。小由像在苦笑似的，嘴角微微上扬。

"你是一位勤勉的医生，只要像大多数人那样认认真真地工作，即使不能过上有钱人的生活，也能还清债务，养家糊口。然而为了拿到更多的收入，你付出了别人难以想象的努力，身心都不同程度地受到了伤害。无论从哪个角度来说，你都被贫穷束缚着。当然，事实上束缚着你的还不仅仅是这个。"

小由别有深意的语气令人恼火。

"还有什么？想说什么话，你就痛痛快快地说出来好了。"

"我想说的是，被这些东西'五花大绑'的你令人心痛。由香里为了让你解脱,才想给你留下那笔钱。对如今的她来说，钱不过是存折上的数字，而这些数字现在第一次有了意义。"

说到这儿，小由稍作停顿，闭上了眼睛，之后又补充了一句。

"还有，由香里的生命……"

"……什么意思？"

"你和我都跟由香里年龄相仿，如果在这个年纪被宣告即将死亡……你明白这意味着什么吗？"

小由望着被夕阳染红的天空。她的话令我无言以对。

"你当然不知道了，如果没有亲身体验过的话……从最初的不敢相信到感到恐惧，再到震惊，然后陷入无边无际的恐慌。平静下来后，该怎么说呢……大概是感到虚无吧，觉得自己的人生是不是没有意义了呢？"

"没有意义……"

"对。没生病的时候，本来以为会一直活到八十岁。从大学毕业，然后开始工作。这期间会遇到命中注定的人，和他结婚生子，一起养育下一代，就这样年复一年地过下去，在最后的日子里有家人守候在身边……我们的一生本来应该是这样的。然而，想象中的未来一下子消失了，之前的辛苦和努力全都化为泡影。这时候就不免思考，自己的人生究竟还有什么意义。"

小由缩了缩肩膀，做出受到惊吓的模样。

"所以，我们慌忙开始探寻新的人生意义，想在仅剩的时间里留下点什么，或者是做点有意义的事。对由香里来说就是……"

"……让我解脱。"

我呆呆地接过小由的话茬儿。小由微笑着摸了摸我的头发。

"答对了。"

由香里的想法中有如此深刻的用意，出发点却是为了我……我仿佛听到血色从自己脸上消退的声音。

"不过，听到碓冰医生发怒的事，我居然有点开心。"

"为什么呢？"

"就算是因为没钱被揶揄几句，一般来说也不至于对患者发火。可见你在以前的人生中，因为金钱经历过太多不愉快的事。"

小由的话可谓说中了我的心事。

"小由，你知道我为什么这样焦躁不安吗？"

"哎，你果然没明白。"小由用指尖摸了摸我的脸颊，"碓冰医生，你是不允许自己因为由香里的死而受益。如果接受这个想法，你会感觉自己好像在期待由香里死去一样。"

小由握着我的手。夕阳将她的脸映成淡淡的红色。

"你希望由香里好好活下去。"

我仿佛听到内心深处有玻璃破碎的声音。

是啊。正因为这样,我那时的情绪才会如此激烈。

"对了,碓冰医生,你知道今天是什么日子吗?"

"呃?什么日子……"

"看吧,男人都是一样的。"

小由故弄玄虚地叹了口气。

"今天给由香里查房的时候,她没说什么吗?快,好好想想。"

在小由的催促下,我想起早上查房时的情景,顿时恍然大悟。我做完例行的检查正要出门的时候,由香里忽然轻轻地说:

"如果可以的话,今天下班前能顺道来我这儿一下吗?"

"想起来了?由香里想向你道歉呢,还准备了好东西。"

"好东西?"

"去了就知道了,不要太吃惊哟。"

小由用力地拍了拍我的背。

"多谢了。"

我朝她点点头,然后快步从中庭走回了医院。小由的声音从身后传来。

"由香里就请你多多关照了。"

我一口气爬上三楼,敲响了由香里的房门,没等她回应就推开了门。

"由香里!"

我喊着她的名字走进去,但房间里却不见由香里的身影。

"由香里……小姐?"

想着她也许在洗手间,我又喊了一声,仍旧没人应声。此时,白大褂口袋里的无线电话响了起来。

怎么搞的,偏赶在这个时候。我皱着眉头接通了电话。

"碓冰医生,请马上到一层走廊来一下!"

电话里传来一位女子的尖叫声,听起来刻不容缓。我双手拿着无线电话,问道:"发生什么事了?"

"由香里因为痉挛晕倒了……"

电话从手中滑落,还没等它从地板上弹起来,我已经转身出门,飞奔着穿过长廊来到一层,焦急地左顾右盼。走廊深处的图书室门前,两位护士和小由正围着一位倒在地上的身穿天蓝色连衣裙的女子。

"出什么事了?!"

我跑过去,高声问道。

"还不清楚。她突然倒下了,然后开始痉挛。"

年轻的护士大声汇报,就是花女士病危时在场的那位护士。

"急救推车!"

我喊道,同时在由香里身旁跪下,一边用余光确认中年护士已经去拿推车,一边观察着由香里的情况。

她纤细柔弱的四肢像溺水者一样激烈地挣扎着,睁大的眼睛失去了焦点,牙关紧闭,口吐白沫。这是癫痫发作导致的全身强直性痉挛。

患有脑肿瘤或脑卒中后遗症的患者,出现癫痫症状的情况并不少见。也就是说,因脑内病变产生的异常的电刺激会以某种特定的节奏扩散,从而影响整个脑神经系统。

由香里大脑中埋藏的"炸弹",不知被落在哪里的火花引燃了，从而导致整个脑神经短路。

我触摸由香里的脖颈，颈动脉的搏动清晰地传到指尖。血压稳定下来了，但是呼吸呢……

"喂，由香里不要紧吧？"小由大声问道。

我还没来得及回答，中年护士已经推着急救推车回来了。

"地西泮！镇静剂！快！"我声嘶力竭地叫道。

护士飞快地从玻璃瓶中把药剂吸入注射器，递给我。我用牙撕开注射器外面的塑料包装，左手用力拉开由香里连衣裙的衣领。从肩膀到胸口的布料撕裂了，新雪般白皙的肌肤露了出来。

当我把注射器对准由香里纤弱的肩膀的瞬间，年轻的护士突然高喊了一声："等等！"

"怎么了？！"

我把叼在嘴边的塑料包装吐掉。

"由香里是DNR……能对她进行抢救吗？"

我拿着注射器的手僵住了。花女士死亡的情景在脑海里闪过。

那天，由香里把自己想象成了心肺功能停止的花女士，才用几近癫狂的态度阻止我做复苏治疗。

如果对由香里的病情置之不理的话，她的生命可能就此凋谢。可是，那是由香里本人的意愿……

我左右为难，感觉整个身体几乎要被撕成两半，不禁咬紧牙关。这时候，由香里的身影浮现在脑海里。她哀伤地望着窗外，低低地说："我想做的事还有很多，却没办法……"

我把针头深深地插入由香里的肩膀，把镇静剂注入她的体内。

"碓冰医生，这样做没关系吗？"

我抬头看着失声惊呼的护士。

"DNR指的是在心肺功能停止的状态下，患者拒绝进行抢救。由香里的心脏仍然在清晰地跳动，不属于DNR的情况。全部责任由我承担，还有问题吗？"

"如果您这么说的话……没有了。"

年轻的护士轻声回应，移开了视线。

"碓冰医生，由香里她……"

小由问道。此时，由香里肢体的痉挛开始减弱，四肢剧烈的动作逐渐平息下来，紧咬牙关的痛苦表情也有所缓和。

"把她抬上推床，保持现状送回病房，为了防止再次发生痉挛，在点滴里添加镇静剂。"

护士们点点头,去取推床。

"由香里她……没事吧?"

小由一边捡起掉在地上的纸袋,一边问。

"不要紧,已经没什么问题了。"

"太好了。真是太好了……"

小由用双手捂住脸,我用余光看着小由,朝由香里失去血色的面颊伸出手,她的体温从掌心传来。

由香里长长的睫毛微微抖动着,缓缓睁开眼。

"能看到我吗?"

从墙壁反射过来的光照亮了房间。我坐在床边的竹椅上问由香里,她扭头看向我。

"碓冰医生?我怎么了……"

"你在一层的走廊里痉挛发作,因为接受治疗的关系,睡了很长时间。"

我指了指钟表,表盘上的时针已经过了晚上十一点。

"你一直在这儿?"

"对啊,因为我是你的主治医生。"

"这样啊……"

由香里望着被灯影映成橙色的天花板。

"原来，我还活着……"

由香里的话中没有丝毫的情感，我不禁握紧了撑在膝头的手。

"在当时的情形下，我努力进行了抢救。"

"如果不抢救的话，我会怎样呢？"

"大脑可能会承受更大的损伤，呼吸也可能停止。"

"可能已经死了？"

"嗯，是的。"

我点点头。由香里沉默了几秒钟，把视线投向我。

"为什么要救我？我已经明确表示过，不想进行生命复苏的抢救啊。"

"我赶到的时候，你并非处于心肺停止状态。而且，你还不应该死，还不能死。"

"不应该死？"

由香里的目光忽然变得犀利。

"谁应该死，谁不应该死，难道是碓冰医生你决定的？医生就那么了不起吗？"

"我不是这个意思。"我摇摇头。

"那为什么说我不该死之类的话？"

"因为你的一举一动,我都看在眼里。"

由香里微微皱起眉头。

"你一直关注着我?"

"由香里小姐,你跟花女士不一样,你还有很多想做的事,你每天都用画笔把这些想做的事画出来。我不能对这样的人置之不理。而且,我……"

稍微停了一下,我把那句话说了出来。

"我不希望由香里小姐死去。"

由香里睁开眼睛,看了看我。那张脸上浮现出嘲讽般的微笑。

"不希望我死去……这完全出于您的私人情感吧?从职业的角度来说呢?"

"那个……"

"我的确还有很多想做的事。可是,这种事毕竟勉强不来。"

"不。我相信你一定能做到的,一定能!"

"你还真是个固执的人。"

由香里苦笑着朝我伸出右手。

"好吧,咱们俩就算扯平了。"

"扯平?"

"对啊。之前我说了失礼的话,今天你无视我的愿望进行了治疗。咱们俩就算扯平了,重归于好怎么样?"

"不错的交易。"

我握住由香里的手,心情舒畅极了,好像最近几天积淀在身上每个细胞里的污垢都被冲洗干净了一样。

"啊,对了,纸袋呢?"

两个人握手言和之后,由香里忽然慌慌张张地环顾四周。

"呃,没搞错的话,应该在床头柜的抽屉里。小由放进去的。"

由香里起身拉开抽屉,安心地呼了口气。

"袋子里装着什么?说起来,你为什么特意到一层去?"

"这个给你。"

由香里把纸袋递过来。

"之前惹恼了你,这个算是赔礼了。"

"赔礼?"

我接过袋子,里面放着一个系着蝴蝶结的小盒子。我取出那个设计精美的盒子,解开蝴蝶结,打开盒盖。

"这个是……"

里面装着许许多多做成蔷薇、蝴蝶、月亮、星星形状的小块儿。

"没错,是巧克力。今天是情人节哟。碓冰医生喜欢的话,就尝一尝吧。"

我这才恍然大悟。原来今天是二月十四日。

"多、多谢了。"

"不过,这个可是地地道道的人情巧克力[1],千万别误会。跟'风流医生'谈恋爱的事,我才不干呢。"

由香里脸上露出小恶魔般的诡秘笑容。

"什么'风流医生',拜托别这样叫了。"

我板起面孔,蔷薇形状的巧克力把脸颊撑得鼓鼓的。巧克力在口中迅速地融化,滋味萦绕在舌尖,淡淡的甜味和爽口的苦味一起在口腔中弥漫开来。

"怎么样,好吃吗?"

由香里盯着我的脸。

"嗯,好吃。甜甜的,还带着一丝苦涩。"

"有甜有苦……怎么说呢,就像人生吧。"

---

1 人情巧克力:在 2 月 14 日这天,日本女性送给男性的礼物,可以送给同学、同事等人或者家族中的男性,含有答谢与关心之意。

由香里从我手中的盒子里拿出一颗巧克力放进嘴里。

"是啊,很像人生。"

我们沉默下来,一同品味着像人生般的苦涩滋味。

"今天又活下来了,真好啊。"

不经意间,由香里喃喃地说。

"如果刚才真的离开了,就不能跟碓冰医生重归于好了。而且碓冰医生也会难过吧,因为我是在给你送巧克力的路上离开人世的。"

"由香里小姐,你来一层,是为了给我送巧克力?"

"嗯。我本来是要到你的休息室去。"

"你倒在了图书室前面。"

"啊,是吗……果然。"

什么"果然"?我觉得莫名其妙,由香里却缄口不语了。

我抬眼看了看墙上的钟。时间已经过了晚上十一点半。

"那么,我也该告辞了。接下来的事我会交代给夜班护士,安心休息吧。"

我刚要起身,由香里却从床上起来,拉住我白大褂的衣角。

"请……请在这儿多待一会儿,好吗?"

"怎么了?"

我再次坐回椅子上。

"……我害怕。"

由香里低下头,轻轻地回答。

"怕什么?害怕发病吗?别担心,点滴里面加入预防发病的药物了。"

"不是怕那个。"由香里微微地摇头,"死……从世上消失……这些都让人感到害怕。"

由香里无助的目光紧紧攫住了我的心。

"白天还好,可是一到夜里,在床上听着波涛的声音,便会不由自主地害怕起来。波浪声在头脑中回响,我感到大脑……或者说感到自己正在一点点地崩溃。"

由香里的脸上露出痛苦不堪的表情。

"毫无疑问,'我'此时此刻就在这里……这种说法可能有些老气,但我能感觉到'灵魂'实实在在地留在体内。"

由香里的双手在胸前交叠。

"可如果死了,这个'我'会变成什么呢?会离开身体去其他地方吗，还是……像肥皂泡似的消失不见？"

由香里抱起双臂，仿佛要把自己紧紧地包裹起来。恍惚中，我朝那瑟瑟发抖的瘦弱的肩膀伸出手去，细微的颤抖传到掌心。

"肯定无法再思考，也无法再感受了。'我'会完全消失，只有时间一直在流逝。越是想象这一幕，越是感到恐惧，最后仿佛什么都不知道了……"

由香里用悲伤的声音诉说着，泪水盈盈的双眼凝视着我。

"这种恐惧已经到了能承受的极限。所以，我宁可在心脏停止跳动时不接受救治，就那样从世间消失。"

"可是，那样的话……"

"是啊，很矛盾吧。分明害怕死亡，却又希望快点死去，变得无知无觉。我知道这很矛盾，但的确是内心真实的感受。"

由香里擦掉眼角的泪水，深深地叹了口气。

"啊，怎么会不知不觉说这些。一直以来，我都是默默忍受着。即便得了这种病，仍旧故作洒脱地活着。"

由香里一边自嘲，一边把手放在我按住她肩膀的手上。

"不知为什么，在碓冰医生面前，我就会变得无话不说。你果然是个花花公子。"

"我才不是什么花花公子。"

"那就是风流……"

"这个话题到此为止吧。"

我打断了她的话，由香里不太自然地笑了笑，用袖口揉了揉眼睛。

"不好意思，说了些奇怪的话。多谢了。把这些都说出来，就轻松多了……那明天见啦。"

显然，由香里想用故作轻快的语气送我离开，但是我并没有起身。

"往宿舍去的路黑漆漆的，味儿又难闻，而且天气还这么冷。反正已经这个时间了，今晚就当值班，在这儿留下吧。不过值班室太小了，待着难受。可以的话，我们在就寝前聊聊天怎么样？"

由香里瞪大了眼睛，她的眼眶还是湿润的。

"对了，我在这儿会打扰你吗？"

"当然不会！"

由香里一骨碌坐起来，握住了我的手。

我从极近的距离看着由香里，两个人的目光交融在一起。淡淡的灯光映得她脸颊微红。由香里的脸近在咫尺，是如此美丽，我几乎忘记了呼吸，就这样静静地凝望着她。

最终，我们同时低下了头。

"那个……不好意思。"

"嗯……"

由香里低声回应，声音小得如果不仔细听就几乎捕捉不到。虽然有点尴尬，但我和由香里之间有一种莫名的温暖弥散开来，身体像浸泡在温热的液体里，令人感到不可思议。

"……好像明白了。"

"什么？"

我自言自语，由香里不解地问了一句。

"我能理解由香里小姐为什么如此害怕自己的生命消失了。"

由香里愣住了。

"当然，我的情况不能跟你的相提并论。'我能完全理解你的感受'，这样不负责任的话我也说不出来。但是曾经有一段时间，我也莫名地恐惧死亡，因此常常睡不着觉。"

"什么时候的事？"

"刚考进医学院的时候。上一年级时，新生会跟医师一起临床见习一段时间。我是在急救门诊见习。"

由香里情绪平静，专注地看着开始讲述的我。

"在医院，重症患者源源不断地被送过来，每天都有人死去。看着这些，我就想——啊，人真的是会死的。"

由香里仿佛要说些什么，眯起了眼睛。

"我知道你想说什么。人当然会死，这件事连小孩子都知道。但那只是常识性的认知，跟面对真实的死亡不一样。"

"可能是这样。我在生病前，并没有认真考虑过自己会死。"

"所以，我开始陷入恐惧。跟你一样，担心自己什么时候就消失了。"

"碓冰医生是怎么克服这种心理的呢？"

"根本没办法克服。即使是现在，我还是会忽然感到害怕。"

由香里的脸上浮现出失望的神色。

"不过……"我继续说下去，"随着医学学习的深入，我的恐惧逐渐减少了。"

"为什么呢？"

"人的身体是非常复杂的。各个器官互相影响，保持着一种奇妙的平衡。其中一部分紊乱的话，生命活动就很容易停止。学习越是深入，越有一种强烈的感觉——人能活下来，生命活动能得以维持，是一个奇迹。"

"奇迹……"由香里把这个词重复了一遍。

"这当然是长年累月进化的结果，不过也有理论认为，这种奇迹般的平衡是偶然产生的。但在我看来，无论经过多长时间，如此复杂而美丽的构造也不可能偶然出现。"

"那么，我们为什么活着？为什么会在这里？"

由香里往前探了探身子。

"我也不清楚，但总觉得有什么东西或者谁的意愿在起作用。"

"那是……神吗？"

由香里压低了声音，好像在说悄悄话。

"这属于哲学或宗教的讨论范畴，很难一言以蔽之。不过我觉得，这个'我'存在于这里，一定有特别的意义。想明白这一点，我逐渐不那么恐惧了，因为'我'总有一天也会消失。"

"对于碓冰医生来说,那个特定的意义是什么呢?"

"在目前阶段就是拼命学习,不顾一切地攒钱。"

"什么啊,怎么突然转到这么俗的话题上了?"

由香里的唇边漾出苦笑。

"因为得先把欠款还上,才能让家人幸福啊,然后再思考'我'存在于这个世界上的更本质的理由。"

"本质的理由……"

由香里叹了口气。

"我虽然对这个话题很感兴趣,却不相信自己存在于这里是有理由的。我不仅一事无成,脑袋里还埋了颗'炸弹',伴随着对它的恐惧过日子——仅仅是过日子罢了。"

由香里用戏谑的语气说道,用食指指了指自己的太阳穴。

"'炸弹'啊,我也有一颗。"

"什么?"

由香里轻轻蹙起眉头。

"之前的实习中,我见到过很多年纪轻轻的人因为事故或疾病死去。他们当中的大多数人都过着平凡的生活。所以我想，无论是谁，其实都怀揣着一个'看不见的炸弹'，一个不知何时会爆裂的'定时炸弹'。"

"所以，为什么大家都能泰然处之，只有我害怕呢？"

"大部分人都没有注意到这一点。在这个国度，能真实地接触到死亡的机会其实是非常少的。"

"可是，碓冰医生注意到了那个'炸弹'，对吧？"

"嗯，不过我选择了无视。"

"无视？"

"无论怎样，我们都无法阻止'炸弹'倒计时，一味地害怕只会失去更多，况且还有事等着我做，所以我只能往前走……即便是怀揣着一颗'炸弹'。"

"碓冰医生是个内心强大的人啊。"

由香里哀伤地微笑着。

"可我做不到怀揣着'炸弹'往前走。"

"不会的！"

我下意识地从椅子上站起来，由香里仿佛被我吓到了似的，身体微微后仰。

"你不是每天都在画画吗？把自己想做的事画下来，我来帮忙，从画中选出你能做的事，然后一起去实现吧!"

"可是……如果离开医院,我可能会被袭击。"

由香里像在找借口似的自言自语。

"没关系的。你要是外出的话,我会陪着你。想谋害你的家伙看到有男人和你在一起,就不会轻易下手。而且小由告诉我,从中庭到宿舍有一条小路。就算有人监视你,走那条路出去也不会被察觉。"

我急切地想说服她,自己也说不清为何要这么努力。这间"钻石鸟笼"——困住由香里的牢笼仿佛有一股无形的魔力,让我情不自禁地想向她靠近。

我迫不及待地等着她的答复。由香里把脸转向窗外。月亮躲进了云层里,外面的世界被黑暗笼罩。终于,她望着外面开口了。

"碓冰医生,明天傍晚,我有个地方想去。"

"是医院外边吗?"

由香里转过身看着我,点点头。

"你可以和我一起去吗?"

"当然了。我是由香里小姐的主治医生嘛。"

"谢谢……我感觉身体轻飘飘的。"

由香里重新躺回床上。

"但是,眼皮却好像变重了。"

"是因为镇静剂起作用了。今晚先好好休息一下吧。"

"喂,碓冰医生。"

由香里闭上眼,把右手伸过来。

"可以等我睡着了再离开吗?那样我就……不害怕了。"

"好的,我留在这儿。"

我轻轻握住由香里那像玻璃工艺品般脆弱的手。

由香里微微睁开眼,带着戏谑的意味微笑着说:"这也是主治医生的工作?"

"嗯嗯,主治医生的工作。"

"唔,这样啊。"

由香里用意味深长的语气嘀咕了一句,再次闭上了眼睛。

我握着由香里的手,直到听到小鸟低吟般的鼻息声。

"没事吧?"

我一边用手电筒照着周围,一边朝气喘吁吁的由香里伸出手去。

"没关系。"

她沿着小路一步步往前走，并没有牵我的手。

第二天晚上七点多，我们沿着从医院通向宿舍的小路溜了出去。

"为什么外出不请假呢？被护士发现了，一定会引起骚动的。"

"不能请假，要保密。"由香里强调道。

我试图说服她，但由香里的态度很坚定。最后我只能投降。

为慎重起见，我还是把应对紧急情况的药品和器具塞进了背包，避开护士，与由香里在中庭的角落会合，来到了这条小路上。

"其实呢，瞒着医院里的人偷偷去什么地方，也是我想做的事之一。碓冰医生不是要陪着我做想做的事嘛。"

由香里喘了口气。

"如果被发现了，而且你还跟我一起，恐怕要出大问题……"

"没事的。我跟护士们说了，今天想一个人待着，谁也不许进我房间。只要在九点的夜班护士查房前回来，就不会有问题。"

由香里爽朗地说着。然而在我看来，她不过是在拼命地掩饰自己的不安。

"重要的是这条路还要走多久？我真的有点累了。"

"一直通到宿舍前的大路上。"

我抬了抬下巴，由香里快步向前，穿过土路来到了人行道上。护栏的对面是有两条车道的单向省道。由香里站在人行道上神经质地左右张望，似乎想确认有没有人在监视自己。

由香里把穿在毛衣外面的外套的领子竖起来。她戴着宽檐的帽子，把长长的黑发塞进帽子里，大概是想乔装打扮，避免引人注意吧。

才七点多，路上的车依然很多。由香里背对着车道，从帽檐底下窥视四周，脸上的神情颇为紧张。

"没事吧？"

我走到她身边。对于有外出恐惧症的由香里来说，这是几个月来第一次接触医院之外的世界。

紧张是理所当然的。在街灯的照耀下，可以看到她脸色苍白。

"如果觉得辛苦，今天就先回去吧。"

"……没关系。"由香里细声回答。

真的没问题吗？我犹豫着指了指几十米外的巴

士车站。

"到那儿可以坐车。你确定要去吗?"

"……嗯。"由香里抓紧了外套。

一到车站,很快就有一辆巴士停在面前,车上的乘客寥寥无几。我从打开的后门上车,由香里却在车门前停住了脚步。

"同行的那位不上车吗?"司机有点不耐烦地问道。

"啊,要上,请稍等一下——来吧,由香里。"

我伸出右手,可由香里一动不动,只是盯着我的手,眼睛仿佛失去了焦点。

"由香里!"

我稍微提高了音量,由香里身子一震,抬眼看向我。我尽可能地露出温柔的微笑。

"没事的。上来吧。"

由香里踌躇不决地伸出右手。我用力握住那只手,拽住她的手腕。由香里的身子一下子扑进我的怀中,比想象中要轻得多。

"好了,出发了!"

司机话音刚落,巴士便开动了。

"对、对不起。"

我几乎是把由香里半拥在怀里,此时慌忙和她分开。可是,由香里用双手紧紧抓住了我的夹克。

"由香里小姐……"

由香里抬起埋在我胸口的脸,那表情仿佛是一只迷路的幼犬。那一瞬间,我似乎也失去了理智,用双手环抱住了她的身体。她的身子超乎想象的纤细,仿佛稍一用力就会被折断似的。这种触感令我心跳加速。我们两个人都一言不发,任由巴士摇摇晃晃。

"图书馆前,图书馆前到了。"

司机的声音响起,巴士靠站停车。没过几分钟就到了目的地,前门打开了。我支撑着由香里的身体,付了两人的车票钱下了车。车站前矗立着一座前卫的建筑物,一层全是玻璃构造,二层以上雕刻着几何图案。这是公共图书馆,也是由香里选的目的地。

"由香里小姐,真的要进去吗?千万别勉强自己。"

由香里的脸色明显比上车前更糟糕。她按着胸口,望着图书馆,好像随时会呕吐。

"没关系……进去吧……"

由香里低声说,从她的语气中能听出紧张的意味。看来她是特意选了这座离医院比较近的建筑。尽管如此,来到这儿还是耗费了她不少的精力。

由香里外出恐惧症的严重程度超乎我的想象,再继续下去恐怕就有危险了。今天就到这儿吧。于是,我大步朝由香里走去。

"稍等一下……"

我追过去,挡在她前面。

"由香里小姐,今天必须得回去了,再坚持下去就不好了。"

"那可不行!现在回去的话,就没有意义了!"

由香里并没有停住脚步。她脸色苍白,但是眼眸中盛满了强烈的决心。我被这种眼神震慑住,说不出话来,只好和她一起进了图书馆。

一进图书馆,迎面就是服务台。

"还有十五分钟就闭馆了。"

女工作人员提示道。壁钟的指针指向晚上七点四十五分。

"有十五分钟足够了。走吧。"

我们并不是来借书的。对由香里来说,到图书馆来这件事本身显然更重要。我瞥了一眼满脸疑惑的工作人员,催促着由香里。她满脸紧张地点点头。

穿过摆满报纸和杂志的大厅,我们来到一处有四层楼高的宽敞空间。一层的中央摆放着几十张书桌,桌子四周被几层书架环绕着。

抬眼望去,从二层到四层都有同样的书架。因为快到闭馆时间了,在馆内阅览的人并不多。

"走吧。"

我向站在身边的由香里提议,却没有听到答复。我迟疑着默默地观察她,由香里的侧脸透出前所未有的恐惧。

她的下颌在颤抖,牙齿咯咯作响,呼吸又浅又快。她弓着背,身体微微蜷缩,样子仿佛被食肉野兽追逐的小动物,在拼命地东躲西藏。

如此异常的状态令我一时说不出话来,由香里握住了我的手,指甲抠进了掌心,传来尖锐的刺痛。

"碓冰医生……"

由香里的声音中透着惊恐。

"握着我的手……像刚才坐车的时候那样。"

"可是,再往前的话……"

"还差一点点,马上就能毁掉它了。"

"毁掉?毁掉什么?"

"钻石鸟笼,那个困住我的牢笼。"

由香里挤出这几个字，挺起胸面朝着我。

"明白了，走吧。"

下定决心的我握住由香里的手。我们把手紧紧握在一起，一步一步往前走。当由香里握得更用力的时候，我就用更大的力气握紧那只纤细柔软的手。

我们终于停下了脚步。周围都是用来学习的书桌。

"这儿是图书馆的中央了。"

我朝着由香里微笑。

"这里就是今晚冒险的目的地和终点站。"

"目的地……终点站……"

由香里战战兢兢、自言自语地环顾四周，利落地松开了我的手。

"啊……"

她的声音像是从嘴里漏出来的，却透着不易察觉的欢喜。僵硬的表情也舒展开来，宛如花蕾绽放。

"哈，哈哈。"

由香里樱花色的唇间传来幸福的笑声，她一边笑一边慢慢地旋转起来。

一圈、两圈、三圈、四圈，她一边望着书架一边旋转着身体。头顶的帽子被甩了出去，一头黑发披散而下。那姿态像芭蕾舞演员在翩翩起舞。在离她一步之遥的地方,我沉醉于她的舞姿中。

过了一会儿,由香里停止了旋转,微微张开红唇。

"波涛……我听到了波涛的声音。"

这里离海很近。在没有人声的安静空间里,如果侧耳倾听,的确能隐隐约约听到潮汐声——被由香里比喻成"炸弹"倒计时的声音。

"真美……"

由香里露出梦呓般的表情,棕色的瞳孔被泪水润湿了。

"波涛的声音……居然这么美妙,让人心情愉悦。"

泪珠从眼眸中滴落下来,淌过她的面颊。

"'炸弹'的声音……消失了。"

我凝视着泪流满面的由香里,胸中被一股温热的情感填满。

"'钻石鸟笼'被摧毁了吗?"

没有回答,取而代之的是由香里冲进我的怀抱。她瘦弱的肩膀颤抖着。可是,我听到的呜咽声跟以往那饱含哀伤的声音不一样,透出满满的欢喜。

由香里似乎要把滞留在胸中的情感全部释放出

来，一直在哭泣。我用两只手环抱住她的身体。

公交车上的那种抵触感消失了，此时的由香里已经走出了困住她几个月的牢笼。我只希望她好好享受那发自心底的喜悦。

我抚摸着由香里柔软的黑发。她的呜咽声更响亮了。

我一直拥抱着她，直到女工作人员怯生生地过来告知——对不起，已经到闭馆时间了。

从图书馆出来，由香里提议不坐巴士，步行返回医院。这个时间巴士的班次本来就少。只要由香里的身体允许，我也没有理由反对。

我们沿着海滨公路并肩往前走。潮水的气息涌进鼻孔，从海面上吹来的风轻轻掠过脖颈。

走了十几分钟，我们几乎没有说话。我和由香里的小拇指偶尔轻轻碰到一起。那种感觉胜过千言万语，令人觉得不可思议。

我用余光观察着她。她的侧脸美得令人窒息。她之前一直低垂着头，现在却抬起头面朝前方，眼中闪烁着坚定的光芒。长长的睫毛，形状好看的尖尖的鼻子，薄薄的嘴唇……街灯的光衬托出由香里美丽的身姿。我感到眩晕,于是轻轻摇了摇头。

跟来时一样,我们走宿舍旁边的小路返回医院。到了医院中庭,我看了看手表,时间是晚上八点四十分,无论如何都能在护士夜间查房前赶回去。在中庭的喷泉前面,我静静地看着由香里。

"今天的冒险怎么样,公主殿下?"

我开玩笑地说,由香里幸福地眯起了眼睛。

"简直像做梦一样。不,是梦想终于实现了。"

由香里像祷告一样在胸前握紧双手。

"我感觉到了心脏的跳动。现在……我真实地体会到自己是活着的,那层隔膜终于消失了。"

"隔膜?"

"是啊,被宣告患了那种病以后,我始终感觉跟现实之间隔着一层浑浊的膜。现在,那层膜消失了。"

由香里抬头望着天空。这一带的夜色更深邃,闪烁着都市里难以看到的星光。淡淡的光带如同天河一般横亘在夜空中央。

"现在周围的一切看起来都是那么美。夜空真漂亮,我以前从来没有这样的感受。"

由香里仿佛要看遍整个天空似的转了一圈。

"这一切都是托碓冰医生的福。"

"别这么说,我只是尽了一点微薄的力量。"

"好吧,下次该轮到我帮忙了。"

由香里像唱歌一般欢快地说道。

"帮忙?什么事?"

"当然是帮碓冰医生消除你的'隔膜'。"

"我的?"

由香里看着一脸疑惑的我,她的眼神十分忧伤。

"你果然没觉察到。"

没觉察到?觉察到什么?我眉间的皱纹更深了。

"碓冰医生,知道我为什么要把病房的书桌借给你用吗?"

"嗯,不是因为我受不了休息室外面的噪声嘛……"

"我可不像你那么轻浮,可以跟完全不了解的男人一起度过午后的几个小时。"

"什么呀,我可不轻浮……那你为什么把书桌借给我?"

"你跟我是伙伴。"

"伙伴?"

"是啊,刚见面那天,看到你的眼睛的一瞬间,我就知道你跟我是同类。"

的确，第一次见到由香里的时候，一看到那双褐色的眼眸，就感觉好像在哪里见过，似乎有一种心灵相通的感觉。

"我的眼睛是怎样的？"

"呃……就像死鱼眼？"

听到这么过分的话，我不知道该说什么。由香里慌忙摆摆手。

"别生气嘛，因为我也是一样的。你的眼睛就像我每天早上在镜子里看到的自己的眼睛——对未来失去了希望，只是将活下去当作一种习惯。"

"我并没有对未来失去希望。都说过好几遍了，我要去美国，成为一流的脑外科医生，赚很多钱。"

"那真的是你内心渴望的东西吗？"

由香里直视着我的眼睛，仿佛要窥伺我心底的秘密。

"当然了！"本想这么回答，这句话却像长了刺似的卡在喉咙里，怎么也没办法从嘴里跳出来。

"你帮了我。所以，这次轮到我来解开束缚你的枷锁了。"

"束缚我的枷锁是什么？！"

我不由自主地提高了音量，慌忙捂住嘴巴。

"……你父亲。"

由香里低声说道。

"关于父亲的回忆一直束缚着你。"

"才不是！我根本不在乎那样的人！那个家伙……"

我的声音变得嘶哑。在倾盆大雨中被父亲抱住的感觉，此刻正在记忆中复苏。

"没事了。"

我咬紧牙关，绷直身子站着。由香里温柔地抱住我，就像我在图书馆里做的那样。

"没事了，放心吧。"

不知为什么，身体忽然感觉变轻了。就在这个时候，传来开门的声音。

"谁在那儿？"

可能是听到了什么动静，一位中年护士拿着手电筒走进庭院。

由香里按住胸口，把我往篱笆后面推，护士的视线看不到那里。

"对不起，是我。"

"咦？由香里小姐，这么晚了，有什么事吗？"

"我只是想看看星星，不行吗？"

"当然不是,但慎重起见,夜晚外出的话还是告诉我一声。"

"知道了,不好意思,今后我会注意。"

由香里用轻松的语调说。护士返回了室内。进门前,由香里回过头,眨了眨亮晶晶的眼睛。我躲在篱笆的阴影里,久久地凝望着她。

6

"大吉岭茶,还有……栗子蛋糕有吗?那好,就这些。"

由香里利索地点餐的时候,我慌乱地翻着菜单。服务员在一边沉默地等待,在无形的压力下,我只能草草地开口了。

"请给我混合咖啡。"

"好,那我先把菜单拿走了。"

女服务员离开后,我向坐在对面的由香里投去无奈的目光。

"别那么快就点完,至少给我留出看菜单的时间。"

"哎呀,碓冰医生,你慢慢选好了。"

"我还不至于那么粗心。"

我叹了口气,向巨大的玻璃窗外望去,外面是一望无际的白色沙滩。

从去图书馆那天算起,已经过去四天了。从那天开始,由香里每天都会外出(这次是跟护士汇报后才出来的)。医院的员工都乐于看到由香里的变化,但是对于几天前刚刚发作过癫痫的病人来说,单独外出还是有风险的,所以必须有医护人员同行。由香里正好顺水推舟地指定了"医护人员",把患者的希望放在第一位的医院当然不会拒绝她的要求。一连四天,结束病房的工作后,我在下午的两点到五点之间陪同由香里外出。在工作时间离开医院让我有些犹豫,但院长说"这也是工作内容的一环",我只得从命。

由香里在离医院不远的沙滩上散步,参观海港或者在小杂货店买买东西。今天的行程是在海边散步,结束后再去离医院大概十五分钟路程的咖啡店喝茶。

由香里把外套挂在椅背上,没有摘帽子。外出时她都会把长长的黑发塞进帽子里,甚至还戴上太阳镜。离开医院的时候也不走正门,每次都走中庭的小路。大概是对外出的恐惧并没有完全消除。

"到这么近的地方走走就满意了?"

我问眯着眼睛向窗外张望的由香里。由香里略微歪了歪头。

"为什么这么问呢?"

"好不容易能外出了,走得远一点不好吗?坐电车的话可以到很多地方去。"

"在医院附近走走就可以。"由香里有些腼腆地说,"能这样出来走走,就觉得很幸福了。看,这边的景色真是太美了。"

"是啊,多么美丽的大海。"

"在海里游泳一定很舒服。"

"现在游泳的话会着凉的。"

"是啊。游泳的话……得等到夏天。"

"是的……到了夏天一定要去海里游泳。"

盘踞在由香里大脑里的"炸弹",让我们等到夏天的可能性几乎为零。我努力控制着自己的面部,让表情看上去不那么扭曲。

"让您久等了。大吉岭茶和栗子蛋糕,还有混合咖啡。"

女服务员轻快的语调驱散了我和由香里之间倦

息的空气。由香里一看到桌上的栗子蛋糕就开心地笑起来,迫不及待地用叉子切开放进嘴里。

"对了,明天你要外出吧,真没劲。"

"不好意思,妈妈过生日,后天星期天就回来了。"

明天是二月二十日,是妈妈五十二岁的生日。正好是星期六,我打算等上午的查房结束后,回广岛县福山市的老家住一晚。

"赶上你母亲过生日,也是没办法的事。"

由香里兴味索然地摆弄着栗子蛋糕,表情却紧绷着。

"再说说你父亲的事怎么样?"

我含在口中的咖啡陡然变得苦涩。

"还要聊那件事吗?"

这四天里,由香里锲而不舍地打听关于我父亲的事。每当这个时候,我身体深处便仿佛有一种黏稠的黑色液体在翻滚。

"没办法啊。谁让碓冰医生一直顾左右而言他,话题总是没有进展。"

由香里噘起粉色的嘴唇,啜了一口大吉岭茶。

"不是顾左右而言他,只是不记得了,都是十五年前的事了。"

"我知道,不过努力回想一下,还是能记起什么吧。"

"……我不愿意回想那个家伙的事。"

"为什么不愿意?"

"为什么?这还用问吗?他抛下我们跟别的女人私奔了。"

"真的只因为这个?"

"……只因为这个。"

为什么在回答前有一瞬间的迟疑,我自己也不清楚。我把杯中残留的咖啡一饮而尽,口腔内充满黏糊糊的苦涩味道。

"好吧,记不起来也没关系,我把之前听到的情节再说一遍。"

能不能适可而止?我不情愿地点了点头。

"首先,碓冰医生的父亲经营着一家公司,但是因为一直信赖的当经理的朋友贪污,公司倒闭了。是这样吧?"

"嗯,是的。"

"家里因此背负了巨额债务,开始有流氓一样的人上门来催债。之后你父亲便离家出走,失去了音讯。"

"还带走了全部的存款。"

我噘着嘴补充了一句。

"然后,碓冰医生跟母亲和妹妹离开家,躲到了亲戚家里,不久后收到了父亲从海外寄来的信。里面有他跟一个女人的照片,以及按了手印的离婚协议,还有一封写明已经和那个女人一起生活的信。"

"是……是这样。"

我拼命压抑着自己的情绪。

"此后又收到过几封信,里面只有明信片。再后来连明信片也没有了。母亲卖了房子,勉强还上了欠银行的钱。"

"家里还有其他的贷款,并没有还清所有的债务。"

"一年多以后,你父亲从九州的山上坠落身亡。大致是这样的,对吧?"

"是的。他很过分吧?我恨他不是理所当然的吗?你到底觉得哪里不对劲呢?"

"总觉得哪里有点别扭。你说无法原谅父亲的行为,可是……"

由香里意味深长地瞥了我一眼。

"说真心话,碓冰医生,你真的憎恨自己的父亲吗?"

"你在说什么!那不是理所当然的嘛!"

我情绪激动,不禁大声质问。店里的顾客和女服务员的视线顿时集中到我身上。我耸了耸肩,缩起身子。

"……对不起,有点激动了。"

"不不,是我说话不留心。对不起。但如果只是单纯的憎恨,你也不会在意他最后说的是什么了吧。"

倾盆大雨中,父亲紧紧抱住我,在我耳边说着什么,几乎令我喘不上气。已经褪色的记忆在眼前闪现,我用手蒙住了眼睛。

"我只是想知道那时候究竟发生了什么,这样就可以做出客观的判断。但是已经过去十五年了,根本不可能弄清楚了。"

我敷衍地说道。由香里隔着桌子探过身来。

"那可不一定。况且这样下去的话,你永远都摆脱不了父亲的'束缚'。"

我并没有感觉被父亲束缚住了,只不过有点介怀。

"那到底该怎么做才好?"

我随意地问道,由香里嘴角上扬。

"首先,没有资料可不行。"

我背着背包,一只手提着蛋糕盒,从车上下来走进站台,抬眼看到"福山站"的站牌,伸展了一下手臂。在新干线狭窄的自由席上坐了三个多小时,全身的肌肉都僵硬了。

朝站台外望去,车站旁边的福山城灯火辉煌。福山城由水野胜成建造于一六二二年,之后经过若干次重建。整个城市的夜景此刻一览无遗。福山城有四十七万人口,在广岛县内是仅次于广岛市的第二大城市。每年五月,市花蔷薇盛开,"福山蔷薇节"吸引着全国各地的游客纷至沓来。

"已经这个时间了,得抓紧啊。"

时间已经过了晚上七点。从这里到老家鞆浦还有一段距离,我本想尽早回家,可是上午查房花的时间比平时还要长,一不留神就到了这个时候。

出站朝环岛公路走去,刚好有去鞆港方向的巴士发车。我飞身上车,在靠窗的位置坐下。引擎声很快响起。

摇摇晃晃过了三十分钟,左手边出现了灰暗的大海。小型造船厂随处可见,港湾里停泊着几艘渔船。同样是海滨城市,这里与高级别墅遍布、时尚咖啡屋鳞次栉比的叶山截然不同。叶山可能更精致,但眼前这种洋溢着生活气息的景象令人心平气和。熟悉的景色让我整个人都放松下来。

过了一会儿，海面上出现了两座岛屿。眼前的是弁天岛，黑暗中若隐若现的是观光胜地——仙醉岛。

传说在空中飞行的仙人沉醉于鞆浦周边的美景，索性落进海里变成了岛屿。那个岛可以乘轮渡过去观光，最近作为西日本首屈一指的"能量聚合地"受到关注，很多游客都到岛上享受徒步旅行的乐趣。

巴士到达了终点鞆港车站。我下了车，大口呼吸着夜晚冰冷的空气。比叶山更浓的潮水气息让我有了回家的真实感。

小海湾对面，鞆浦那座标志性的雕塑被巨大的灯牌照亮，在黑暗中显得格外壮丽。

"果然没有波浪的声音。"

在叶山岬医院工作了两个多星期，我的耳朵已经习惯了太平洋的涛声，对濑户内海的寂静格外敏感。我迈步朝家里住的公寓走去。

这一带以灯牌为中心，散布着很多历史悠久的建筑和商店。游客们随处走走，就可以领略曾经繁荣一时的海港风情。

放眼望去，宛若置身于江户时代的街道，街道两边贴满了下周开始举办的"鞆浦桃花节"的海报。这个活动是为了向全市展示历史悠久、代代相传的偶人，跟五月举行的演示传统捕鱼方法的"鲷网[1]"并列为鞆浦的两大重要活动。

走上几分钟，观光地的气氛不知不觉消失了，周围开始出现寂静的住宅区。沿着街灯稀疏的昏暗街道往前，便到了家里住的公寓。

这是一座四层的长方形建筑，混凝土外墙上的污渍格外显眼。这座房龄已经超过四十五年的建筑尽管被叫作公寓，其实更像小型的福利房。

这处房子原本归一位远房亲戚所有，但因为既没有买家也没有租户，我们才能以很低的价格租住。

我爬上四层，在走廊里边走边掏钥匙。

"我回来了。"

打开玄关大门的同时，屋里传来应答声："啊，终于回来了。"

"哥哥，怎么这么晚！"妹妹小惠穿着围裙站在走廊里，马尾的发梢轻轻晃动。

---

[1] 鲷网：用于捕鲷鱼的网，也指一种捕捞鲷鱼的传统捕鱼法。

"不好意思,因为工作的关系。妈妈呢?"

"在餐厅里忙活呢。刚才我就想帮她做菜,想着今天是她的生日,怎么也应该放松一下。"

"啊,对了,"我把蛋糕盒递过去,"你让我买的蛋糕。"

"谢谢……哇,这不是大名鼎鼎的蛋糕店吗?之前电视里还播过,很难买到。你是怎么买到的?"

"没什么,好不容易过个生日嘛。"

小惠接过蛋糕盒,沿着走廊一路小跑,开门进了餐厅。

"看,妈妈,哥哥买的蛋糕太厉害了!"

我苦笑着放下背包,从里面取出巧克力盒子放进冰箱,跟在小惠后面走进餐厅。

"欢迎回来,苍马。"

坐在餐桌旁的妈妈温柔地和我打招呼。从上小学的时候起,每次回家都能听到这个温柔的声音。回到老家的感觉切切实实地复苏了。

"妈妈,生日快乐。"

"不是该恭喜的年纪啦,离老太婆又近了一岁。"

妈妈开着玩笑,幸福地微笑着。我故作镇定地把视线落在她放在桌上的手上,那纤细的手背上爬满令人心疼的伤痕。

从搬到这里到现在，母亲每个周六和周日都在快餐店帮忙，从早晨的准备工作一直到晚上的打扫，用工资支付已经卖掉的房子的贷款、平日的生活费以及我们兄妹的学费。

可能是因为工作辛苦，同时还要操心生计，母亲看上去比实际年龄要老。可是，我从来没有从母亲口中听到过一句抱怨或憎恨的话。我不禁心怀不满——对丢下她逃跑的男人，我的父亲，她为什么没有一句恶言。

很快了。很快，我就能赚大钱让母亲享乐，如此辛苦的工作一定会有回报。我暗暗下了决心。

"哇，蛋糕上还有巧克力做的蝴蝶？这个能吃吗？这么漂亮，吃了真有点可惜。"

小惠打开蛋糕盒子，兴奋地嚷嚷。

"蛋糕放到最后吃吧，先放在冰箱里。这么晚了，赶紧开始生日会吧。"

"什么嘛，还不是因为哥哥迟到了。"

小惠鼓着腮帮子，像捧着宝石似的，小心翼翼地把蛋糕盒子放回厨房。我跟在她身后去端菜。

"来，干杯！"

伴随着小惠明朗的声音，三只杯子在餐桌中央碰在了一起。我将杯中冒着泡沫的啤酒一饮而尽。一种和疼痛相仿的刺激感沿着咽喉一路而下，嘴里弥漫着惬意的苦涩。我情不自禁地发出"啊哈"的声音。

"哥哥，别发出这种声音，像大叔一样。"

小惠喝着橙汁，鄙夷地看着我。坐在对面的妈妈也啜了一口酒。我把啤酒倒进空了的杯子里。喝完橙汁的小惠露出渴望的眼神。

"怎么了？"

"那个，啤酒那么好喝吗？尝一口行不行？"

"当然不行了。小孩子就乖乖地喝果汁吧。"

我把酒瓶放到离小惠远一点的地方。

"小气！"

小惠鼓着腮帮子，从盘子里夹起炸鸡塞进嘴里。母亲用温柔的眼神看着我们俩你一言我一语地拌嘴。

我们互相汇报着近况。晚餐结束后，我们把蜡烛插在蛋糕上点燃。兄妹俩在烛光下为母亲唱"祝你生日快乐"。被我们逗笑的母亲红着脸吹熄了蜡烛。

"这个蛋糕真好吃。住在神奈川，每天都能吃到这么好吃的东西吗？"

"怎么可能。"

小惠把眼睛瞪得大大的，我抢白了一句。母亲的第五十二个生日也随之告一段落了。

"既然是过生日，您就歇一下吧。"小惠说服了母亲，跟我一起在厨房洗餐具。

"看来小惠喜欢巧克力。"

我边说边用海绵擦着盘子。

"嗯，特别喜欢。我血管里流淌的都是巧克力。"

"小心心肌梗死……冰箱里有巧克力，你过一会儿再吃。"

"呀？真的吗？"

小惠扬着水淋淋的手，飞奔过去打开冰箱。

"我不是说了过会儿再吃。"

"这巧克力跟蛋糕是同一家店的？！真的可以吃吗？"

"你还没干完活呢。"

"一颗，只吃一颗，拜托了。"

小惠像哀求似的双手合十，把一颗巧克力放进嘴里，一脸陶醉。

"巧克力的确好吃，不过有那么夸张吗？还是先把活干完吧。干完后都吃光也没人管你。"

"全部都吃光可不行,太奢侈了。每天吃三颗,不行,还是太奢侈……每次吃两颗,省着点吃……"

小惠嘟囔着开始洗盘子。

"对了,最近学习怎么样?"

我一边擦着盘子,一边有一搭没一搭地找话题。

"嗯,还行吧。反正模拟考试得了 A。"

小惠正上高中二年级,打算明年报考国立大学的医学专业。

"呃,也不用非考国立不可,私立的我也可以付学费……"

说到这儿,小惠用沾满水珠的手指朝我脸上弹了一下。

"干吗啊?"

"我说过,哥哥你背负的东西太多了。你自己的学费也是靠奖学金。家里的债等我当上药剂师以后跟哥哥一起还。等全还完了,咱们就带妈妈去夏威夷旅行。"

小惠唇角上扬,用湿漉漉的手拍了拍我的后背。

"是吗,那太好了。"

美好的未来总是令人心怀憧憬。

小惠开朗的性格支撑着全家人。父亲消失无踪时，小惠才两岁。她几乎没有关于父亲的记忆，也没有意识到自己被抛弃了，甚至确信父亲从一开始就不存在。相比之下，我至今仍被父亲出走那天的记忆囚禁着，无法自拔。

我回过神来，发现小惠正盯着我的脸看。

"怎么了？"

"哥哥你怎么了？以前不是会说'不行，欠债我一个人来还'或者'你不用为钱的事操心'，誓死反对吗？刚才你居然那样说。"

"是吗……"

"是啊。你拼命地学习，坚持要赚大钱让我们开心。我们虽然很感激你的努力，可也着实为你担心。可是，你今天的态度居然不一样了。在神奈川的医院里发生什么事了吗？"

"什么也没有。可能是因为医院被大自然环绕着，心情也变得舒畅多了。"

小惠对我的回答不满意，皱起了眉头，突然"啊"了一声。

"难道是因为女人？不会在那儿交了女朋友吧？"

"当然不是!"

我的脑海里闪过画水彩画的黑发女子的身影。

"所以,蛋糕和巧克力肯定不是哥哥选的,是那个人的主意。"

小惠一句话说中了真相,让我目瞪口呆。这些东西的确是今天早上查房的时候由香里交给我的,她还说了句"请送给家里人吧"。她大概记着我以前说过妹妹喜欢吃巧克力。我一开始想推辞,但她为难地说道:"我一个人也吃不了这么多,你不要的话反而麻烦了。"盛情难却,我也就收下了。

"啊,果然有女朋友了。"

小惠指着我的鼻尖。

"不,不是那种关系。"

"那是什么关系?"

我拂开小惠指着我的手,她依然穷追不舍。

"跟那个人……"

我找不出合适的说法,因为我也不知道该怎样解释和由香里的关系。

"哥哥居然变化这么大。跟冴子小姐谈恋爱的时候,你几乎没什么变化。看来这次是真爱。"

"别乱说,恋爱怎么可能……"

"恋爱"这个令人后背发痒的词，让我不由得皱起眉头。

"恋爱就是恋爱嘛。身体仿佛在过电，胸口堵得无法呼吸，有种既痛苦却又幸福的感觉。哥哥有过这种体验吧，哪怕只有一次？"

"没有。如果彩票中奖的话，大概会有那种感觉。"

小惠向矢口否认的我投来蔑视的眼神。我视若无睹地继续洗盘子，小惠却抓住我的肩把我扳过去，两个人的距离近得几乎能碰到彼此的鼻尖。

"哥哥，说真的，一定要珍惜那个女人。她能改变这么顽固的你，对你来说一定是个特别的人。"

我懒得纠正越来越激动的小惠，含糊地点了点头。小惠一脸满足，用挂在旁边的毛巾擦了擦手。

"盘子刷了一半，拜托你了。我得去学习了。对了，千万别让别的男人抢走她啊。"

小惠嘟嘟囔囔地进了自己的房间。

"别让人抢走……"

对手可能不是其他男人，想抢走她的是胶质母细胞瘤——最严重的脑肿瘤。

不对，我在胡思乱想什么。我甩甩头。由香里只是一位患者，对医生来说不过是几万名患者中的一个。对，我们仅仅是这种关系。

我把注意力从胸中涌出的不明所以的情感上移开，继续洗盘子，一口气洗完后，边用毛巾擦手边长长地呼了口气。

现在得做"那件事"了，是昨天由香里在咖啡馆拜托我做的，可是丝毫没有进展。我闭上眼睛，脑海中浮现出那个雨天父亲抱着我耳语的情景。

我下定决心回到餐厅，妈妈正坐在餐桌边，一边喝茶一边看我和小惠送给她的披肩。

"帮忙做家务辛苦了，小惠呢？"

"说是学习去了。离入学考试还有一年，照这样坚持下去应该没问题。"

"说起来，你高考前简直阴郁得吓人，我和小惠两个人都怕你。"

"有那么夸张吗……"

我挠挠头坐到椅子上。

"对了，有什么事吗？"妈妈问我。

"呃？您为什么这么问……"

"都在你脸上写着呢。有话想说又开不了口，是吧？"

为什么女人都这么敏感？我诚惶诚恐，小心翼翼地开口了。

"……是父亲的事。"

"你父亲怎么了？"

妈妈直截了当地问，让我失去了倾诉的欲望。

"呃……父亲消失后寄来的信之类的，还保留着吧？"

"当然了，都留着呢。"

"能给我看看吗？"

我吞咽着唾液，润湿干燥的喉咙，绞尽脑汁地寻找措辞。妈妈定定地看着我，然后站起身说："来这边。"

她没有问我为什么要看父亲寄来的邮件，这让我松了口气。因为连我自己也说不清，只是按照由香里的指示，看一看，拍个照而已。

妈妈打开起居室深处的隔扇。那儿有一间四叠半大小的和室，放着叠得整整齐齐的被褥和梳妆台，是妈妈的房间。妈妈用小钥匙打开梳妆台最下面的抽屉。那里放着一只跟简朴的房间有些不相称的梧桐木箱子。妈妈小心翼翼地把它拿出来。

"跟你爸爸有关的回忆都在里面。"

妈妈像回忆往事般眯着眼睛打开箱子，把里面的许多照片、便笺、明信片放在梳妆台上。其中还有爸爸和妈妈的合影。

有一张照片令我的怒气一下子涌上来。微微褪色的相纸上，一位浓妆艳抹的年轻女子靠在父亲身边微笑。

"为什么……这么宝贝地保管着这种东西？明明是父亲抛弃了我们。"

这个问题当然有些残酷，我却不顾一切地问了出来。

"你爸爸那样做，一定有什么理由。"

"他落进了年轻女人的圈套里，有什么理由可言！"

"可是……到底是什么理由呢？"

妈妈拿起父亲和那个年轻女人的照片。

"我了解他。跟这张照片一起寄来的信，表达的并不是他的本意。"

妈妈把照片放到我面前。

"看，照片里，你爸爸看上去一点也不幸福。"

我只看到一个中年男人站在一个年轻女人身边，一副被美色冲昏头脑的样子。

"苍马,你可能无法理解,但是我知道,因为那个人对我来说……是特别的存在。"

把抛弃自己的人说成"特别的存在"。我不禁咬住嘴唇。

"妈妈您就不生气吗?爸爸突然失踪,然后寄来这些东西,又陆陆续续寄来类似的信和明信片。"

"当然,最开始很震惊,也很生气。我开始相信他另有苦衷,是在卖了房子,还债有了眉目,一切都尘埃落定之后。"

"那为什么还保留着这些东西,按理说应该扔了吧?"

"啊?你不记得了?"

妈妈睁大了眼睛。

"是你不让我扔的啊。"

"是我?!"

"是啊。忘了是第几次收到那个人寄来的信和明信片的时候,我大动肝火,想撕烂扔掉。当时你哭着恳求我'别扔掉明信片'。"

我怎么会那么做?我努力地搜寻记忆。妈妈抚摸着我的脸,手上肌肤的粗糙触感跟以往不同,却依然让人感到温暖。

"谢谢你,苍马。如果不是你阻止,我就把跟那个人有关的回忆都扔掉了。"

本来就应该扔掉,什么跟那个人有关的记忆。那样的话,妈妈才能往前走,或许会跟别的男人结婚,过上比现在幸福的日子。

他会一直束缚着妈妈,也束缚着我们,一直到死。我一边在心中咒骂,一边把梳妆台上散乱的照片和信放回箱子里。

"这些,可以借我用二三十分钟吗?"

妈妈没有问我理由,微笑着说:"用吧。"

我把箱子抱在手里,穿过起居室回到自己的房间,就在小惠的隔壁。这是个简朴却令人怀念的屋子,四叠半的和室里只有破得随时要"退休"的书桌和书架,上大学前的几年,我都是在这里度过的。

我取出箱子里面的东西,放在污渍斑斑的书桌上,从小山似的照片和明信片中甄选出父亲失踪后寄来的部分。

其中有跟年轻女人的合影,看似在欧洲买的若干张明信片,以及描述他跟那个女人旅行情形的信,仿佛要故意刺激我们的神经一样。我从牛仔裤口袋里取出手机,一张张地拍下来。

这么做到底有什么意义呢？当时，我被由香里认真的态度震慑住了，不由自主地应承下来，但此刻后悔不迭。

我拍着埃菲尔铁塔图案的明信片，不禁暗自嘀咕。贴着邮票的一面写着一句"埃菲尔铁塔游客很多"，真是可有可无的话。

这张明信片是跟信纸一起装在信封里寄来的。想说的话根本没必要特意写在明信片上。况且无论是多么粗心的人，向被自己抛弃的家人汇报近况也够荒唐了吧。

拍完最后一张明信片，我把照片和信件放回箱子。胡乱盖上盖子的同时，我也把迷雾一样漂浮在脑海里的关于父亲的记忆关在了心底。

"啊，欢迎回来。"

一进病房，身穿毛衣和长裙坐在窗边画画的由香里转过身来。窗外正飘着小雨。

"说什么欢迎回来，这儿又不是我的家。"

二月二十二日上午，昨夜从老家回来的我按照惯例开始查房。

"老家怎么样？"

由香里照例平躺在床上接受检查。

"没什么特别的事。妈妈和妹妹都很健康。对了,谢谢你的蛋糕和巧克力。她们非常开心,尤其是妹妹。"

"她们能喜欢,真是太好了。"

看到她纯真的笑容,我瞬间心跳加速。我轻轻捂住胸口,开始检查。

"看上去没什么问题。"

检查结束后,由香里起身坐在床边,两条腿晃来晃去。

"那么,约定的事认真地做了吗?"

"照片都打印出来了,不过看了又有什么用呢?"

"我也不敢确定,但总能看出点什么。"

由香里向我伸出右手。

"……什么?要和我握手吗?"

"不是,资料没带来吗?"

"查房时不能带着那些东西走来走去,我放在保险柜里了。"

"也是。那好吧,工作结束后把资料带到那家去过的咖啡店怎么样?我想在那儿好好看一下。我也好久没外出了。"

由香里在胸前合拢双手。

"好久？昨天和前天都没出去吗？"

"对啊，因为碓冰医生不在。"

由香里理直气壮地说。

"就算我不在，你也可以外出吧，让护士陪同就行。"

我掩饰着内心的波动，飞快地回答。

"护士才不可能像碓冰医生这样给我当保镖呢。而且她们都很忙，我去拜托她们做这种事，也不好意思啊。"

还有这种理由？我的嘴不禁撇向一边，由香里的脸上浮现出小恶魔般的笑容。

"而且，不跟碓冰医生一起，出了门也没意思。"

内心涌起比刚才更加强烈的波动，我轻轻摇了摇头。这个人只不过是为了作弄我，还是不要当真为好。

"所以，我一直在画这个。"

由香里指了指窗边的画架。上面不是平时的画纸，而是画布。画的触感也与往日的截然不同。

"是油画吗？"

我目不转睛地看着那幅画。上面画的是欧洲乡村的街景。平缓的上坡路延伸到画面深处，单行线和宽阔的人行道被郁郁葱葱的绿化带分隔开来。人行道两侧，别致的小洋楼鳞次栉比，每栋小楼都有宽敞的庭院。坡顶上矗立着一棵枝繁叶茂的大树。

"嗯，油画。好久没画了，所以挺辛苦，不过还是比想象中进展顺利。这里真是个特别的地方。"

"平常总是画水彩，为什么这次是油画？"

"油画需要层层涂抹，还要晾干，更花时间。不过正因为这样，才能表达出更为丰富的层次，也更适合保存。想当礼物的话，还是油画比较好。"

"这幅画打算送给谁当礼物呢？"

"嗯，非常重要的人。"

重要的人，大概是爱人吧。看着略带羞涩的由香里，为什么我的胸中会涌起尖锐的疼痛呢？我的视线从由香里身上又移到画上。人行道上的人群中，有一位看起来像由香里的黑色长发女子，一头橘黄色短发的那位恐怕就是小由了。

我目不转睛地看着画，突然有种莫名的别扭感。

"这幅画已经完成了吗？"

"是啊，哪里不对吗？"

"不，并不是有问题，只是有点在意……"

"什么嘛，明明说自己没有艺术细胞，却又挑剔我努力画出来的作品？"由香里眯起眼睛。

"不是不是。"我慌忙摆摆手。

"我开玩笑啦。别这么认真。那么，下午就去咖啡店？"

"嗯嗯，当然。那我两点左右来接你？"

"嗯，期待哟。"

由香里的声音里洋溢着少女般天真的憧憬。

"'我知道我提出的要求很任性，但这是我的选择，无论如何也请你同意离婚。苍马和小惠……'喂？你在听吗？"

我抬起头，问坐在对面大口吃巧克力芭菲的由香里。

"认真听着呢。拜托快点往下读。"

由香里左手拿着照片，一边看一边回答，右手中的勺子不停地在芭菲和嘴之间来来回回。

下午，结束所有工作后，我按约好的跟由香里来到海边的咖啡店。她果然还没有从被亲戚加害的妄想中解脱出来，今天下着小雨，她仍然选了很不好走的小路。

"好了，快一点！"

跟上周一样，由香里连菜单都没看就点了芭菲，然后开始看我在老家拍的照片。

"不好意思，能替我读一下信上的内容吗？那样更节约时间。"

因为腾不出手来，由香里提出了额外的要求，所以我又陷入了朗读父亲信件的艰苦修行中。我把写在纸上的那些证明父亲自私和任性的内容念出来的时候，浑浊的情感又开始在胸中翻涌。

"'最后，祈祷上天保佑你和孩子们幸福。'这样可以了吧？"

读完父亲的信，我抬起头。由香里用长长的勺子使劲地刮着只剩一点冰淇淋的玻璃杯。

"由香里小姐！"

"啊，不好意思，好久没吃芭菲了。"

由香里终于放下了勺子。

"那么，你搞明白什么了吗？"

"是啊，首先……"由香里拿起我父亲和年轻女人拍的照片，"就像你母亲所说的，你的父亲并没有发自内心地开怀大笑，只是在强颜欢笑。"

"你凭什么下这个结论？"

"以前跟你说过,我擅长解读别人的表情。"

照她这么说,还不是无凭无据。

"比如此时此刻,你脸上就写着'真的吗?还不是什么证据都没有。'"

内心的想法被她戳穿,我脸上的肌肉下意识地绷紧。由香里得意地哼了一声。

"不管怎样,有一点可以肯定,就是碓冰医生的父亲跟这位女子之间不是真爱。"

"嗯,是啊。"

我点点头,由香里像觉得不可思议似的眨了眨眼。

"啊?你比我想象的要坦诚。"

"我并不是相信你的论断。实际上,我根本不相信男女之间存在什么真爱。"

"原来不是坦诚,是心态扭曲啊。"

由香里叹了口气。

"难道不是吗?不久前说着'我爱你'的夫妻,却轻易地分开。男女之间的'爱',归根结底不过是为了性而说服对方的溢美之词,尤其是从男人的角度来说。"

"没有肉体关系,只是跟那个人在一起就觉得幸福。硾冰医生，你没有过这样的体验吗？"

"没有。"我直截了当地说，"男女之间的相互吸引，不过是传宗接代、延续基因的本能。用爱之类的词儿掩饰这件事，但结果……"

突然，嘴里被塞进一勺东西。甜蜜浓郁的奶油裹住了舌头。

"别那么激动。"

由香里从我的嘴里拔出勺子。我为自己因为一点小事而生气感到羞愧，低下了头。

"硾冰医生，你有一天一定会明白，真正的爱到底是什么。"

小惠也说过同样的话。我缓缓抬起头，由香里带着属于成年人的表情，微笑地看着我。

迄今为止，我也跟几位女性交往过。但即便这样，我也没有"恋爱"过，只不过是被告白又没有理由拒绝而已，所以才开始与对方交往。可能最终都会被对方看穿，所以交往一两个月就露出了马脚，只有一个人除外。

"我觉得硾冰医生无法恋爱的原因跟你父亲的事是有关系的，因为你父亲抛下你母亲出走了。"

由香里望着下着小雨的窗外，我也像被牵引着似的望向外面。雨点打在窗玻璃上，变幻出复杂的图样。

"所以，如果从这件事中解脱出来，你一定能谈一场真正的恋爱，一场精彩绝伦的恋爱。"

我并不觉得会有那种事，但没有反驳，只是用提问取而代之。

"由香里小姐，你有那样的恋爱经验吗？"

由香里望着窗外，什么都没有说。雨滴的声音震动着耳鼓。

"……对了，看了照片和明信片，你了解到什么了吗？"

耐不住沉默的我开口问道，由香里转头看向我。

"嗯，还不全面，但至少掌握了一些信息。"

"真的？！"我从椅子上站起来。

十五年间，这根刺一直扎在我心中的角落里，也许是期待着将它拔出来，身体不禁热了起来。由香里在我面前竖起一根食指。

"再给我一天时间好好思考一下。我还没有完全弄明白。但冷静地考虑一下，应该能找到你一直在探寻的答案。"

我抑制住急切的情绪，点点头。已经寻找了

十五年，多等一天又何妨。

"时间差不多了，回医院吧。"

我催促着由香里，从座位上站起来。结完账要走出店门的时候，由香里目不转睛地盯着入口旁边的一个玻璃器皿。这间咖啡店也卖一些土特产和装饰品。

"有喜欢的东西吗？"

"那个漂亮吗？"

由香里凝视着一枚镶嵌着浅浅的樱花色贝壳的戒指。

"嗯，挺漂亮的。但我觉得不值这个价。"

我指了指标着"两万九千八百日元"的价签。由香里用湿漉漉的眼神盯着我。

"不不……喜欢的话就买吧？很适合你。"

我慌忙改口，但由香里缩了缩肩膀。

"自己买不是太寂寞了？戒指应该是男人送的礼物啊。"

7

"没关系吗?"

由香里双手扶着膝盖,气喘吁吁。听到我的话,她点点头,脚却没动。

第二天,二月二十三日下午四点多,我和由香里登上了离医院步行十五分钟左右的山丘,山上覆盖着郁郁葱葱的森林。

上午查房的时候,我紧张地追问她是不是搞明白了。由香里说:"今天下午想去一个地方,到那儿再告诉你。"

由香里想去的地方大概就是这些台阶的顶端。在林间的坡道上已经走了十五分钟,这些陡峭的台阶不过是埋在土里的圆木,再加上昨天下过雨,地面一片泥泞，精神和体力上的消耗都很大。连我都觉得吃力，体力不济的由香里更是难以忍受。

"还是别勉强了，今天先回去吧。"

我温和地提议，但累得上气不接下气的由香里激动地摇摇头。看来很难让她改变心意。

没办法了……

我说了句"失礼了"，走近由香里，用胳膊环住她的后背和膝弯，一下子把她抱起来。她的身体比想象中要轻。瞬间失去平衡，由香里瞪圆了眼睛，在我的臂弯中哇哇地失声大叫。

"危险，别乱动。我抱你过去。"

"可是，这样……"

"这是最好的办法，没什么别的居心，你放心吧。"

由香里终于平静下来，停止了挣扎。

"那就出发了。"

我说着登上了台阶。大约过了几十秒，由香里开口说道："这就是传说中的'公主抱'吧？"

她顺势把嘴靠近我的耳朵，呼吸轻轻地拂过我的耳边。

"别说话。这是最省力的方式。"

"我实现了一个梦想。"

"你说什么?"

"死前想做的事,其中有一样就是试试这个抱法。"

我看不到由香里的表情,但她绝不是在开玩笑,语调中透出由衷的喜悦。

"那个梦想就是在这样的森林中,被大汗淋漓的医生抱着走?"

"嗯嗯,梦想是在海边,但不用那么奢侈。无论如何……我很开心。"

"……什么时候让真正喜欢的人来帮你实现梦想吧,在美丽的沙滩上。"

由香里没再说什么。我也没有再说下去的力气。在沉默中,我一步一步登上台阶。

不久,由香里发出了惊叹。

"看那边!"

我吃力地抬起头,发现再走十几级台阶就到了路的尽头。我把剩余的力气全部集中到腿上。踏上最后一级台阶的瞬间,密布的枝叶不见了,视野变得开阔起来。

那里就是观景台。直径十米左右的半圆形空间,放着一张陈旧的长椅。从那儿望去的风景美得令人窒息。

站在高台上可以180度地俯瞰大海，海平面一望无际，寂静的住宅区和小船坞展现在面前。夕阳的余晖给眼前的风景染上了一层淡淡的红色。

"碓冰医生，好了，把我放下来吧。"

"啊，抱歉。"

陶醉在美景中的我慌忙放下由香里。

由香里说了声"谢谢"，朝观景台的边缘走去，扶着木制的围栏站住了。前面是一处陡峭的斜坡。

"真美啊……"

由香里扶着围栏自言自语。在红色的海面和街景的映衬下，微笑的她宛若电影中的一幅画面。

"不在长椅上坐坐吗？累了吧。"

被由香里催促着，我和她一起在陈旧的木头长椅上坐下。椅子很小，我们俩的肩膀不得不微微相触。

"我想着一定到这儿来一趟。"由香里的表情微微舒展开，说道，"听护士说这里是风景最美的地方。可是，我没想到自己真的能到这儿来。"

"为什么今天要来这儿？跟我父亲的事有什么关系吗？"

"一是想着在碓冰医生在医院期间，让你带我来一次。今天天气特别好,二月里又渐渐暖和起来了,我觉得刚好合适。"

听到这个理由,我挠了挠头,由香里继续说:"还有……当地人几乎不会来这里,可以放心地聊天。"

"由香里,你已经弄清楚了?父亲在失踪那天对我说了什么?"

我不禁开口追问,由香里缓缓地摇了摇头。

"遗憾的是我没理解到那个程度,但没准可以帮你回忆起来。"

"怎么做?要怎么做,我才能想起那天的事?!"

"是啊,太阳快要下山了,咱们开始吧。"

由香里眯起眼睛,眺望着几乎碰触到海平面的太阳。

"首先,听了碓冰医生的话,我觉得不对劲的地方是有流氓一样的人到家里来。"

"因为我们欠了债,有人来讨债不是理所当然吗?"

"可是,你们卖了房子,把钱还给银行后,讨债的人就不再上门了吧。这样说来,那些流氓般的人应该是银行派过来的。这不奇怪吗?无论用什么方式催款,银行也不会雇那样的人。"

我半张着嘴巴呆住了。说起来的确是这样，可是……

"但是，的确有流氓模样的男人闯到家里。"

"所以，能想到的可能性之一，是你父亲从银行以外的地方也借了钱。"

"不会吧，没有理由啊。"我摇摇手，"父亲的公司破产时，并没有银行以外的债权人。"

"公司破产的原因是一位与你们是世交的职员贪污，然后失踪了，确定是这样吗？"

"是、是吧……"

话题忽然转移开来，我迷惑不解。

由香里接着说道："如果那位职员除了贪污还干了别的呢？本来就计划欺骗朋友，然后消失，想弄到更多的钱也可以理解吧。"

"弄到更多的钱……要怎么做……"

"很简单啊。就是到处借钱，要有连带担保人。"

"连带……担保人……"

"对，那个贪污犯骗了你的父亲，让他做了借款的连带担保人，大概就是非法金融业那种俗称'黑钱'的东西。然后贪污犯从世间消失，只剩下高利贷，放贷的人便到你家里来逼债了。这么想才符合逻辑吧?"

我在心中反复咀嚼由香里所说的话。的确,这与十五年前的状况非常吻合。

"但是,父亲取走全部的存款,然后跟年轻女人逃走的事实也改变不了吧?"我咬牙切齿地说。

由香里眺望着远方的风景。

"我们不知道那个人到底从高利贷那里借了多少钱。那帮人没有道德观念,只认钱,利息像滚雪球似的越来越多,使得负债者不得不借更多的钱。那样的话,就可能变成根本还不起的金额。如果是现在,可以跟律师商量,放在十五年前,根本没有人能帮得上忙。"

我摇摇头说:"所以,我父亲才一个人逃到国外去了。"

"你觉得那样的话,那帮放高利贷的人就会放弃?如果你父亲逃走了,他们自然会到家里逼债。然而你父亲失踪之后,那些人就没再来过。你觉得是为什么呢?"

"为什么……"

"答案很简单,因为你父亲已经把欠的高利贷还上了。"

"你是说用他转移走的存款?"

听到我的问题,由香里摇了摇头。

"不会,如果那些存款能支付高额的欠款,你父亲就没有理由离开家了。他用另外的方式还清了借款,其中的线索就是离婚协议。那份离婚协议其实有两层含义。"

由香里在我面前竖起了食指。

"离婚可以最大限度地减轻对你母亲和你的影响。"

接着,她又竖起了中指。

"因为某个理由,你父亲必须与照片中的年轻女子建立婚姻关系。"

之后,由香里稍作停顿,表情严肃起来。

"……接下来就是之前说过的会令人难受的话题,真的要听吗?"

"当然了!"

我十五年间苦苦追寻的真相,就在伸手便能握住的咫尺之间。这种真实的感觉令我心跳加速。

"你的父亲是在失踪大约一年后坠崖身亡的,这起事故……可能会令某个人获得巨额的金钱。"

"因为我父亲的死而获得钱财……怎么可能?"

"是的，人身保险。"

一瞬间，我的视野剧烈摇晃起来。由香里担忧地望着我，继续说下去："尽管是猜想，但我觉得你父亲是想用人身保险的赔偿金支付高额借款，以此为条件跟高利贷者谈判。他跟那个年轻女子在形式上登记结婚，她就能获得高额的人身保险。在这个前提下，从事故的表象来看……你父亲可能是自杀。作为受益人的女子应该是高利贷者的情人之类的身份。"

震惊之下，我的大脑一片空白，无法思考。

"你父亲是在一年之后死去的，这本身就是最好的佐证。大部分情况下，加入保险后一年内自杀的话是无法赔付的。又考虑到可能会被判定为自杀而不是事故，你父亲是等了一年才去登山，然后自己从悬崖上……"

由香里停顿了一下，我的呼吸变得急促起来。父亲这么做都是为了保护我们。为了保护我们，父亲才结束了自己的生命。那代表……

"不可能！这只是纯粹的推断！你能证明你现在的说法吗？如果不能的话，对我来说，父亲依然是个背叛者！"

我知道这不合逻辑，可是我仍然想听，想知道此时此刻听到的事情到底是不是真实的。由香里看着我，再次开口。

"还有没说清楚的地方。为什么你父亲会携带着存款去欧洲？还有，为什么寄了告别信和离婚协议之后，他还要往家里写信、寄明信片？"

"是啊。如果弄不清这些，那你之前的话也不可信。"

"如果我说的是对的，那对父亲转移存款的事，你怎么看？"

"怎么看……难道不是还给放高利贷的人了吗？"

"已经计划好用人身保险还债，就没必要再把存款交给放高利贷的人了。那样的话，不仅存款会被夺走，还会丢了性命。所以，我猜测他想在离世前好好利用那笔存款。"

"好好利用，具体来说怎么用呢？"

"我也不确定。"由香里瞥了我一眼，"大概是想留给你们。"

"留给我们？"

"是的。自己死后，为了不让你们受苦，所以想把存款留下来。不过，如果留下大额存款的话，一定会被那些放高利贷的人夺走。所以他才带着那笔存款逃到了欧洲。你父亲是做古典家具的,一定对欧洲很熟悉吧?"

"逃走之后会怎样呢?假设你的推论都是对的,我父亲在欧洲还不是会被放高利贷的人找到?"

"应该不是被找到的,而是你父亲主动跟放高利贷的人取得联系,向他们表示'我可以用人身保险偿还债务,不要对我的家人下手'。在做好充分的准备之后……"

"准备?什么准备?"

"把告别信和离婚协议都寄到家里后,又给家人寄了信件和明信片。这也太一丝不苟了,对吧?碓冰医生,你也这么说过吧?"

"嗯,是啊……"

话题突然又变了,沮丧的我糊里糊涂地点点头。

"但是,我认为那些东西对你父亲来说是非常重要的。"

"你是说信里写了什么?比如带走的存款藏在哪里?"

"不不,信发出前,或是寄到日本后,放高利贷的人一定有机会读到,不能冒那个险。重要的是跟信放在一起的东西。"

"跟信放在一起的……难道是明信片？"

"对，把明信片寄到家里才是最重要的。去了欧洲，寄张明信片是很合理的。这可能就是原因所在。"

"那些明信片有什么含义呢？不过是每个景点随处都在售卖的纪念品呀。"

我突然想起前几天妈妈告诉我的事。她说我小时候紧紧抱着那些明信片，流着泪说"不能扔掉"。

"你还没注意到吗？寄来的明信片明显有怪异的地方。那些明信片是跟信一起装进信封寄过来的，对吧？"

太阳已经落到了海平面上，由香里的脸庞笼罩上了一层淡淡的红色，浮现出柔和的微笑。稍作停顿之后，她的嘴唇在夕阳中像花瓣一样"绽放"。

"然而，上面却贴着邮票，到底是为什么呢？"

全身像通过电流一般，我瞪大了眼睛，眼角被扯得生疼。

"没错，你的父亲把装在信封里的明信片又特意贴了邮票寄过来。那是为什么？理由很简单——他不希望邮票被盖上邮戳。"

我目瞪口呆，由香里继续滔滔不绝地说下去。

"也就是说,放进信封的信纸和明信片都是幌子,目的是让放高利贷的人看到了,也不会识破他真正的用意。"

"父亲的真正用意是……"

我拼命地转动僵硬的舌头,挤出声音。

"有些东西,一般人看来没什么价值,却会在收藏家之间开出天价,比如画作、艺术品、货币,还有……邮票。"

一阵风吹过瞭望台,由香里按住自己的头发。

"明信片……很贵重……绝对不能扔掉……"

我仿佛听到风中传来男人悲痛欲绝的声音,慌忙环顾四周。

"妈妈和小惠……今后就拜托给你了……"

声音还在继续,和雨声一起传入耳中。我恍然大悟,那原来是我记忆深处的回响。十五年间苦苦追寻的记忆像劣质的录音带一样不断播放。

脑海中的雨声越来越大,夹杂着男人的呜咽声。那个声音沙哑而支离破碎,最后散落在雨声中。

真正想听的那句话、父亲最后说的那句话,为什么却听不清呢?我拼命将意识沉入内心深处。可是,宛如扩音器突然被切断了电源,男人的声音连同雨声都听不到了。

"是不是想起什么了？"

由香里凝视我的脸。我把手放在额头上，轻轻地摇头。

"好像是想到了，但不确定那就是真实的。也许是听了你的话，自行篡改了记忆。况且明信片上贴着名贵的邮票之类，说到底不过是推论……"

"所以说，确认一下不好吗？确认的方法应该很简单吧。"

由香里的话令脑中一片混沌的我豁然开朗。

确认的方法……我从口袋里取出手机，用颤抖的指尖碰触屏幕，上面显示出小惠的号码。刚要点击通话键，脑神经却像短路了一样，食指突然僵住了。

"没关系的……"

旁边伸来一只白皙的手，我的手上传来温润的触感。断开的神经瞬间连通，我的指尖碰触到屏幕，手机上响起呼叫音。

"哟，哥哥，什么事呀？"

妹妹响亮的声音传过来。我拜托放学回家的小惠，让她到妈妈的房间里把爸爸的明信片找出来，把邮票的部分拍照发给我。

小惠一开始有些吃惊，又说随便进别人的房间会让人嫌弃之类。但我近乎恳求的语气可能让她感觉到了什么，她最后还是答应了。

"知道了，稍等一下啊。"

我挂断电话，双手握着手机，等待着小惠的联络。皮肤明明感觉到冷，全身的汗腺却不断地渗出黏稠的汗液来。

还没发过来吗？我麻木地不断看着腕表上的时间，从通话结束到现在才过了一分钟，黏稠的感觉却缠绕着全身，仿佛连精神也要被腐蚀掉了。

我下意识地握紧手机，这时传来手机收到消息的提示音。

"看，真漂亮啊。"

由香里漫不经心地自言自语。

"什么？"

我不解地往旁边一看，由香里正入神地看着前面。我随着她的视线望去，不禁屏住了呼吸。

城市和大海都被渲染成深红色。火红的太阳像燃烧一般落在海天的交界处，仿佛融化在了海水里，散发着红宝石般的光芒。我和由香里沉醉于这昼夜交叠的片刻诞生的大自然的艺术。

"你听，波涛声！"

由香里眺望着一点点被海平面吞没的太阳低语。果然，仔细一听，便能听到海潮的声音，那声音轻轻摇曳着鼓膜。

"不过，现在不怕了。而且听着这声音，心情还很愉快。"

由香里沐浴在夕阳中的脸慢慢转向我。

"都是托你的福。虽然不知道自己还剩多少时间，但是此时此刻我还活着。现在我就在这里，深深地感到幸福，因为你解救了我。"

由香里抚摸着我的面颊，脸上浮现出明媚的微笑。那种温暖柔软的触感让我的心放松下来。

"别担心，你也会被解救的，所以尽情享受眼前的美景吧。这样的光景只存在于此时此刻。"

"嗯……是啊。"

我和由香里肩并肩，眺望着梦幻般的景色。最终，太阳消失在海平面上，不见了踪影，同时手中的电话一振，是小惠发来了邮件。

"这样可以吗？"

邮件只有简单的正文，附件中带着几张照片。

打开文档，小惠按照我的要求拍的邮票的特写出现在眼前。父亲失踪后寄过来的三张明信片上，都贴着外国的老邮票。

我深深呼了一口气，拼命稀释着紧张的情绪，在搜索网站上查找是否有类似的图像。很快，大量的检索结果显示在屏幕上。

我情不自禁地"啊……"了一声。

"稀少""开出天价""令收藏家垂涎""价值数千万日元"……

与图像一同出现的是这些关键词。我打开一个网站，里面的图像与贴在明信片上的几乎一模一样，还写着"根据状态好坏，交易价格可能高达数千万日元"。

自知将离开人世的父亲，用尽毕生的智慧给我们留下了这些珍贵的邮票。

那天的光景再次在我的脑海中复苏。父亲用令人窒息的力气紧紧地抱住我。为什么这一刻，总是干扰他的雨声听不见了呢？

"我爱你们！爱你，爱你妈妈，爱小惠……我永远爱着你们……"

悲痛欲绝的声音清清楚楚地传来——十五年间都沉睡在记忆深处的父亲的遗言，仿佛坚硬的金属般破碎四散。

我们没有被父亲抛弃。恰恰相反,父亲从心底深爱着我们。我望着渐渐染上夜色的天空,时隐时现的月亮显得格外动人。不,不仅仅是月亮。轻抚脸颊的海风的冷意、树叶摇曳的沙沙声、充斥着鼻腔的海潮气息……所有的一切,仿佛都从遥远的地方强烈地刺激着我的感官。

"怎么样?"

细微的呼唤声在耳边响起。由香里微微歪着头,看着我的脸。

"束缚着你的枷锁消失了?"

我想回答"是的",然而一开口,却是断断续续的呜咽,想拼命抑制住情绪,结果却开始剧烈地咳嗽。由香里的双臂像襁褓一样,温柔地裹住我的头。

"哭出来吧。这种时候就尽情地哭吧。"

脸颊触到了由香里胸前小巧而柔软的隆起,我放弃了忍耐,尽情地痛哭,泪水无休无止地夺眶而出,浸湿了她的毛衣外套。

这十五年间不断累积、不断发酵腐烂的执念,都溶解在了泪水里,被一一冲刷掉。

此刻,我被救赎我的女子抱在了怀中。

不知到底过了多久，至少有三十分钟吧，也许是一个多小时，我像婴儿一样不断地哭泣。自始至终，由香里像安抚孩子的母亲一样抱着我的头，抚摸我的头发。

激烈的情绪平息后，我含着泪水睁开眼。刚才还残留着余晖的天空此刻已经被夜色笼罩。漆黑的夜空中繁星点点，透过泪光，星星显得格外美丽。

我小心翼翼地把脸从由香里的胸前移开。即便对方年长于我，在女性面前像孩子一样失声痛哭的羞耻感还是袭上心头。我揉揉眼睛，把脸上残留的泪水擦净。

"心情平复了？"由香里问。

为了不让声音颤抖，我用力控制着自己的情绪回答"是的"。

"想起父亲最后的话来了？"

"……是的。"

"是吗，那太好了。"由香里由衷地露出喜悦的模样。

"那个……真心感谢你，要怎么表达谢意才好呢？"

"谢礼就算了吧。你帮助了我，我才想着要回报，要解救被五花大绑的你……喂,碓冰医生。"

我抬起头。由香里从长椅上轻轻站起来。

"现在咱们俩都自由了。"

我忘情地凝视着皎洁月光下的由香里。那身影极为美丽,超过我在二十六年人生中所见的一切。

由香里微笑着伸出手来,我也小心翼翼地伸出自己的手。指尖相触的瞬间,全身仿佛有电流淌过。我懵懵懂懂的,在由香里的牵引下站起身。

我们四目相对。我喘不上气,胸口像被捆住一样疼痛,然而为什么……却无比幸福?我耳边不禁响起前几天小惠说的话。

"身体仿佛在过电""胸口堵得无法呼吸""但是非常幸福"……

与由香里四目相对的瞬间,我终于感受到了这一切——有生以来的第一次恋爱。

8

"今天又下雨了。"

由香里望着下着倾盆大雨的窗外,一只手拿着笔嘟囔。

"天气预报说,明天好像是晴天。"

我回过头,可刚接触到由香里的视线,又慌忙转头往前看。

从在瞭望台上找回十五年前真相的夜晚算起,已经过去三天了。这三天阴雨连绵,我和由香里没有外出,我像之前一样,每天下午到她的病房借用书桌学习。可是,尽管翻着参考书,我的注意力却都在背后的由香里身上,完全没办法集中精力。由香里也有所察觉,所以时不时地和我搭话。

"对了,那些邮票决定怎么处理了吗?"

"没,还没有。应该拿去拍卖,可总得委托给信得过的地方。"

关于那些邮票的真相,我还没告诉妈妈和小惠,况且这也不是在电话里简简单单就能说清的事,还是想当面告诉她们——父亲一直是爱着我们的。因此我仅仅叮嘱了小惠一句"一定要谨慎保管,千万别弄丢了",她感到非常吃惊。

"不用为这件事焦虑吧。把它们卖掉后,不但能还清债务,还可以攒下一笔钱。你打算怎么用这些钱呢?"

"首先是想让妈妈开心,搬到好一点的房子里去,让她干脆辞职或者减少工作。然后,妹妹可以不用顾虑学费,报考自己喜欢的大学。只是负债无法一下子还清。"

"哎?怎么回事?"

由香里歪着头,表情明艳动人。单是这个举动,就让我心动不已。

"大学的助学金不用卖邮票的钱还,那是我个人的负债,所以家里的欠债还清后,我自己还有五百多万日元的欠款,这笔钱我要用自己的劳动所得偿还。"

"说你认真好，还是固执好呢……"

由香里露出苦笑。

"对了，碓冰医生，你现在仍然想去美国当脑外科医生，赚很多的钱吗？这个目标有没有改变？"

"这个……我自己也不太清楚。"

去美国当脑外科医生的动力，其实源自对金钱近乎疯狂的执念。可是三天前的某一刻，附在这个愿望上的执念被泪水冲刷干净了。

对金钱的渴望像一种心灵的黏合剂，用来黏合因为被父亲抛弃而破碎的心。可是找回真相后，我已经不需要这种东西了。

"可是……"

我试着组织语言，说出内心真正的想法。

"我想成为一流医生的愿望没有变，所以还是想让自己变得更强大。但不必再考虑年收入，可以把重点放在提高医疗技术上。因此，尽管还不知道将来要不要留学海外，但仍要为下下个月开始的脑外科的学习努力。那是深造的绝佳环境。"

"嗯，加油，我支持你。"

由香里像受到激励似的，微微握紧了拳头，然而脸上的笑容中却透着一丝哀伤。我假装没有觉察,站起身。

"我看看你今天画的是什么。"

见我靠近,由香里罕见地慌忙用后背挡住画纸。我比她快一步,视线越过她的肩膀,窥视着架子上的画。

一片淡红色跃入眼帘,细细看去,是一片樱花。烂漫的樱树下有一对男女。一头黑色长发的女子应该是由香里。背朝我的男子在女子面前单膝跪地,伸出右手。

"这难道是……"

"是啊,画的是求婚的场景。有什么意见吗?"

由香里故作镇定,脸颊上却泛起樱花般的粉色。她努力掩饰害羞的样子非常可爱,表情也逐渐放松下来。

"抱歉抱歉,你肯定要说这个年纪了,还在憧憬这种少女漫画般的桥段。不过有什么关系呢,三十岁的人也可以有浪漫的梦想……"

"不是,我觉得画得非常棒。"

"……真的吗?"

由香里微微扬起下巴,看着我。

"嗯，真的。那个……"我口干舌燥，"这个求婚的男人，该怎么说呢……有具体的原型吗？"

黑色短发，中等身材，身穿夹克。这个背影并没有太多的个性，大多数男人都是这个样子，包括我……

由香里的脸上从少女般的憧憬换成了成熟女性的微笑。

"以前说过吧，问这种问题可有点失礼。"

由香里拿起床头柜上的笔继续画画去了。尽管没有得到正面回答，我在失望的同时却感到心安。

至少有一点是明确的，她并没说自己有恋人。这样一来我还是有机会的。然而这三天来，我却没有采取丝毫行动。

这是迄今为止，我与异性的交往中从来没有过的情况。跟走得近的女性一起吃吃饭，双方觉得时机成熟了便同床共枕。我曾经以为那就是恋爱。

从心底爱着那个人，心心念念的只有那个人，为了那个人可以毫不吝惜地放弃一切……我曾以为这都是故事里才有的幻想，可是三天前才知道，我一直都错了。

我无法抑制地爱上了由香里。两个人这样待在一起的时间,我希望能永远延续下去。

可是……那不过是一场美梦。

"硔冰医生在这家医院的实习,今天就结束了吧?"

由香里一边挥动着画笔一边喃喃自语。

我微微握紧拳头回答:"是的。"

明天是周末,所以结束在叶山岬医院实习的日子就是今天——二月二十六日。本来想如果可能的话,明天和后天也留在这里,这样就正好实习到二月结束。可明晚有将于四月去的大学医院脑外科部门的新人欢迎会,所以中午过后我便要离开了。

"过了中午再走也没关系,明天上午我会来跟大家告别的。"

"是吗?好啊。"

我的话好像在给自己找理由,由香里的脸上浮现出忧伤的微笑。我不禁心跳加速,赶紧把视线从她身上移开。

我在三天前才第一次感受到爱情,在这方面的经验还是个小学生。在这种情况下,该怎么办才好呢?我全然不知所措。

但有一点是明确的,我不能怀揣着这份思念,就这样离开叶山岬医院，从由香里的面前消失。

下定决心的我，叫了一声"由香里小姐"，那声音仿佛来自内心深处。音量之大让由香里瞪大了眼睛。我想直率地表达自己的思念。

"由香里小姐，我……"

正在这个时候，混杂在雨声中的电子音仿佛撕裂般响起。那是下午五点准时响起的《海滨之歌》。

突然被乐曲的旋律打断，我正要整理心情，重新向由香里诉说衷情。

"已经五点了啊，碓冰医生，辛苦了。我也有点累了，想躺一会儿。"

由香里转移了话题。

"啊，那个，由香里小姐……我想说……"

"下次再说好了。"

她漫不经心的语调让告白的气氛瞬间消失了。我垂头丧气地整理好书桌上的参考书，夹在腋下朝门口走去。

"那好吧，由香里小姐……明天见。"

没有得到预想中的回应，是不是哪里惹得她不开心了呢？我低着头走出病房。

换过衣服后，我离开了医院。雨点噼里啪啦地打在塑料伞上。这么大的雨，中庭的小路肯定是走不了了。我拖着沉重的脚步从正面的玄关出门，穿过停车场往省道旁边的人行横道走去。这时耳边响起了引擎声。循声看去，一辆停在路边的小汽车正要开走。

那辆似曾相识的车让我皱起眉头。刚到这家医院的时候，看到路边一辆车内伸出相机镜头的记忆一闪而过。那辆车跟眼前这辆非常相似。

我烦闷地回到宿舍，直接钻进淋浴间。又冷又湿的身体被热水温暖后，我躺下来闭上眼睛，眼前浮现出由香里的身影。像少女般羞涩的由香里，悲伤地低着头的由香里，温柔微笑的由香里，不满地鼓起两腮的由香里，幸福地吃着蛋糕的由香里……这一个月来和由香里在一起的记忆一幕幕掠过心间。

我开始思考明天的事。刚才，由香里突然变得冷漠，也许是意识到我要告白了吧。也许什么都不说地离开更好，就这样带着美好的回忆……想到这儿，我不禁拍了拍自己的脸。

那样我一定会后悔。就算被拒绝，也应该说出自己的心里话。万一被接受了呢……

"她如果接受的话，该怎么办呢？"

苍白的话语从我唇边滑落。

由香里也许只剩下几个月的时间,不,可能更短。而且明天我就要返回广岛,等待我的是大学医院从四月开始的严格的进修,无论如何都没办法陪伴在她的左右。这样的我,有倾诉相思的权利吗?

说起来,我到底想跟由香里发展成怎样的关系呢?我不禁问自己,却无法给出答案。可是,想跟她在一起的想法却充盈着全身的每个细胞。

究竟该怎么办才好?越想思路越混乱,答案也离我越远。

那一晚,思绪走入迷宫中的我几乎无法入睡。

翌日,我拖着睡眠不足的沉重的身体离开宿舍,朝叶山岬医院走去,跟同事和病人告别。

"要当个好医生呀。"

内村坐在轮椅上,给了我后背一巴掌。

"加油啊,我也会加油的!"

小由眼眶湿润地拥抱了我。

中午前,我跟每个能说上话的人都道别了,唯独一个人除外。

我反复深呼吸之后,叩响了那间病房的门。

"请进。"

清冷的声音传来,我用紧张得直冒汗的手推开房门。

由香里像往常一样坐在窗边,拿着笔和调色板。不知为什么,一看到这个身影,我的鼻腔深处便蹿过一阵疼痛,视野变得模糊。

"今天不查房也没关系吧。"

由香里放下笔和调色板,对我微笑。

"……是的。"

为了不让声音颤抖,我竭力平复自己的呼吸。

"那先沏壶红茶怎么样?在沙发上稍微坐一下?"

由香里像每个午后一样,开始在病房的厨房里烧水。我坐在沙发上,望着她沏茶的身影。

要不要把心中所想的告诉她?此刻我仍然没有答案。原本以为看到由香里的脸自然会有决定,可事实上,我陷入了更深的迷惘。

"好了,久等了。"

由香里优雅地把红茶倒进我面前的茶杯里。柑橘果肉散发出奶糖般甜蜜的香气。

"谢谢。"

我道了谢,端起茶杯啜了一口。今天也许是最后一次喝这种红茶了。我一边品味着茶水，一边小口啜饮这琥珀色的液体。

"有稍微聊几句的时间吗？"

由香里往自己的杯子里倒着红茶，轻声问道。

"嗯，新干线发车的时间还有富余，三十分钟后再走也没问题。"

"那太好了。"

"嗯，那个……小环。"

我的声音有些跑调。这是我第一次叫由香里的名字。今天，只有今天，我不想仅仅称呼她的姓氏，还想呼唤她的名字。

由香里眨了眨眼睛，露出带点告诫意味的笑容。

"突然被喊名字有点吃惊。不过还是希望你像以前一样，称呼我由香里小姐……尤其是今天。"

明确地拒绝。出师不利的我垂下了肩膀。如果她接受"小环"的称呼，我也许可以趁势向她告白，现在完全没有了勇气。

"碓冰医生来医院已经有一个月了。住院以来，每天都感觉时间很漫长，但这一个月却好像转瞬即逝。这都是承蒙你的关照。"

为什么连直接叫名字都不允许呢？我的心情跌

至谷底，不禁咬住嘴唇。

"对了，昨天那幅画刚才画完了。"

"在樱花树下接受求婚的画？"

"什么啊，语气这么敷衍。昨天是你要看的吧，说说有什么感想吧。"

由香里噘起嘴唇，指向窗边。那儿摆着一幅美丽的画。盛放的樱花树下，是一头黑色长发的女子，以及在她面前单膝跪下的男人。两人的周围落满了樱花。

"真的……很漂亮。"

我生硬地挤出一句话。

画里面的男人有没有原型？除了我以外的原型？嫉妒和猜疑像咖啡般在胸中翻起苦涩的旋涡。可是，当我看到画上的女子幸福的笑容时，那些阴暗的情感渐渐消失了。

如果由香里有真心相爱的对象，那个男人能陪伴在她的左右，支撑她的精神，那不是很好吗？在由香里所剩无几的时间里，我不能陪在她身边，根本没有嫉妒的权利。

由香里站起来朝窗边走去，打开了窗子。她眯起了眼睛，享受着吹入室内的冷风，像我第一次来这个房间时一样。

"碓冰医生第一次来的时候,眼中毫无生气,把我吓到了。"

由香里边说边做出受到惊吓的样子。

"由香里你也一样,不要光说别人。第一次见面,就说什么波涛的声音像'炸弹'的倒计时之类的,让我不知该如何回答。"

我回敬她,由香里尴尬地缩了缩脖子。

"从第二天开始,就每天下午来这个房间学习了。"

"嗯嗯,因为空调室外机的噪声很吵。不过也多亏了它,我才能来这儿借书桌用……"

"两个人的关系渐渐融洽起来,才能互相救赎。"

由香里接着我的话继续说下去。我们的视线交汇在一起。

"这一个月,发生了好多事啊。"

由香里关上窗户,望着天空。

"嗯,是啊。"

我闭上眼睛,关于这家医院的记忆像走马灯一样在脑海里闪过。每一件事都值得怀念。

我和由香里一起回到沙发边坐下,像平常一样坦然自若地聊天，聊了很多这个月发生的事。这样的时光对我而言无比幸福。

"碓冰医生，"由香里露出寂寞的微笑，"差不多该到时间了吧？"

"呃？"

我看了看墙上的钟，不知不觉已经过了一个小时。

"……那就这样吧，我送你到门口。"

由香里从坐着不动的我身边走过，朝门口走去。

"由香里小姐！"

我站起身，朝那个瘦弱的背影喊了一声。由香里停下脚步，回头看着我。

"怎么了？"

"呃，那个……"

我也不知道到底想说些什么。焦虑的情绪——可能再也见不到这个我爱着的女子的焦虑促使我开口了。

"那个，我可以打电话……"

我好不容易挤出一句话。

"回广岛后，我可以给你打电话吗？"

"我没有手机，也和医院打过招呼，有电话也不要转过来。因为继承大额遗产后,时不时会接到骚扰电话,所以……"

由香里没有回头。

"那我写邮件给你。"

"我没有邮箱。电脑和手机也没带过来。"

"那好吧……"

我苦苦思索不会就此和由香里断绝关系的办法。

"那我写信给你!每、每天……如果那样太频繁,会给你添麻烦的话,就每周写两封吧,请一定要读。"

由香里一直背对着我,我一边说着,一边朝她走过去。她终于转过身,哀伤地摇摇头。

"……我看不了,对不起。"

"不回信也没关系,只要看了就行,仅此而已。"

面对我的恳求,由香里并没有答复,而是低声问我:

"新干线要晚了吧?"

"新干线什么的无所谓,我……"

不安令我情绪失控,为了让心爱的女子体会到我的心情,我大口喘着气想平复心绪,可是告白的话却卡在了喉咙深处。

猝不及防地，我被由香里抱住了。

由香里用手臂环住我的脖子和身体，用力地抱住我。无法想象这种力量是从那纤细的身体中迸发出来的。

我们的脸颊紧紧贴在一起。

"碓冰医生……"

由香里在我耳边呢喃。我看不到她的表情，也想象不出。

"碓冰医生……别再说下去了。"

听到这句话的瞬间，我的心被绝望笼罩。

"为什么……"

我颤抖得说不出话来。

为什么？为什么不让我把想说的话说出来？不接受我的心意也没关系，我把话说出来就够了。我想告诉由香里，我是如何爱着她。可是，她连这一点也不允许。

"我是幻象。"

由香里低声说下去。

"我和你的相遇就像一个奇迹，可是这个奇迹现在已经结束了。你必须回到现实世界里，忘掉我这个幻象，继续往前走。"

由香里离开我的怀抱，我的胸口像正在撕裂般疼痛。

"别哭，不能哭。你可是堂堂男子汉！"

由香里用指尖擦去我眼角的泪水，她的眼睛里也蒙着一层泪。

我任由由香里牵着我的手，一步一步朝门口走去。打开房门，由香里在我后背上轻轻推了一下。我脚下仿佛失去了力气，踉跄了几步，便到了门外。

由香里含着眼泪，望着慌张地转过身的我笑了，泪水从眼眶里溢出，从她陶瓷般白净的脸上滑落。

"再见了，碓冰医生，真心……感谢你。"

我久久地站着，一道门缓缓地将我和由香里分隔开来。终于，由香里的身影消失了，只有上锁的声音还震颤着耳鼓。

就这样，我在叶山岬医院的实习结束了。

那天之后，我再也没见过这个叫弓狩环的女子。

第二章

追寻她的幻影

1

我把信纸放在面前,抱着头思考该如何下笔的时候,后脑勺突然被打了一下。

"喂,苍马,好久不见。"

我皱了皱眉头,扭头一看,原来是同为实习医生的榎本冴子。她的右手保持着刚才打我的姿势,站在那儿。

她那张令人联想起猫儿的脸上,带着恶作剧式的笑容。

"吓我一跳!"

"我喊你好几声了,你没反应。在干吗呢?脸色那么吓人。"

冴子双手插在白大褂的口袋里,越过我的肩膀看过来。我慌忙打开抽屉,把信纸塞进去。

"怎么了?那么紧张干吗?"

冴子微微歪着头,波波头也随之晃动,头发中有几绺褐色的挑染。

"哪里紧张了,我只是在写患者的病历卡。"

我的声音略微有点走样。

冴子怀疑地眯起了那双猫眼,我佯装没看见。难不成要说自己在给单相思的对象写信?尤其是在这个家伙面前。冴子就是我大学时代的恋人,也是无数次被由香里揶揄过的"风流医生"的对象。

"不过,还真是好久不见了。冴子,现在你在哪个科?"

我强行转移了话题。

"我吗?现在在精神科,所以又回到这儿来了。"

我们所在的广岛中央综合医院,精神科没有封闭式的住院楼,因此为期一个月的精神科实习,最开始的十天要被派遣到广岛市内的精神科专科医院去。

今天是三月十二日,在叶山岬医院的实习已经过去了两周时间。其间我给由香里写过五封信,却没有收到回信。

"说起来,苍马你在哪个科?"

"皮肤科。"

话题成功地转移开来,我松了口气。

"啊,怪不得这个时间还在医务室。"

冴子指着挂钟,时间是午后四点半。这个摆着二十张桌子的房间是实习医生的医务室,此刻只有我和冴子两人。别的实习医生大概都在各个科室忙碌吧。皮肤科和精神科以接待外来参观和援助为主要业务,是众多实习科室中时间最宽裕的。

"就是啊,但就算工作都完成了,五点前也不能回去。"

"我们也一样咯。虽说挺轻松,但闲到这个地步,还真有点失去动力了。"

冴子的双手在脖子后面交叉,做了个扩胸的动作。那丰满的胸部在我眼前闪了一下。

"……一段时间没见,你怎么开始说方言了?"

"呃,这个啊,上个月的地区实习,我待在一处佝偻病康复病区。那儿的人都说方言,我觉得很可爱,也就入乡随俗了。而且女孩子说广岛话很可爱,最近很有市场,被叫作'方言女孩'。虽说就算不说方言,我也很受欢迎。"

冴子化着淡妆的脸上浮现出得意的笑容，小虎牙隐约可见。

"对对。"

我应承着耸了耸肩。平心而论，冴子的确很受欢迎。这两年间，就有近十位医生向她献过殷勤。可是据我所知，他们都没有得到冴子的欢心。

"你的地区实习生活看样子很充实啊。"

"你怎么知道？"

"跟以前相比，你的脸色要好看多了。该怎么形容呢？就像附在你身上的妖魔被赶走了。大概是在被大自然环抱的医院里生活，很怡然自得吧。"

"的确是怡然自得。当然，也可能是因为精神上比较从容。"

"精神上比较从容？发生了什么事？"

"债都还完啦。"

"啊？！"

冴子睁大眼睛，凑近我的脸。

"你的欠债应该有三千多万日元吧？一下子都还清了？到底是怎么回事？"

冴子多年来跟我保持着恋人关系，是了解我家情况的极少数人之一。

"说来话长，还真是发生了不少事。"

我回忆着十多天前的一幕幕。

我对妈妈和小惠详细地说了由香里的推断——关于十五年前父亲为什么会失踪，还有明信片中寄托着怎样的深意。对父亲几乎没有印象的小惠半张着嘴呆住了。妈妈含着眼泪看着父亲的照片和那些明信片，由衷地露出幸福的微笑。

妈妈的眼泪从脸颊上滴落，小惠回过神来，突然抱着她大哭。此情此景让我感慨至极，抱住她们，眼泪也情不自禁地往下落。我们一家三口紧紧依偎在一起，涕泪横流。

父亲爱着我们，舍弃自己的生命护佑着我们。这个事实对我们一家人来说，比价值数千万日元的古董邮票更宝贵。

我把父亲留下来的邮票交给信用良好的中介机构鉴定后，确定是真品，要到欧洲进行拍卖。专业人士认为这些邮票比十五年前更稀少，因而会升值，保守估计至少有八千万日元的价值，甚至可能拍出上亿的价格。

"我当然知道发生了很多事，不详细说一下吗？"

"算了吧，真的是说来话长。"

"这样的话……"

冴子的眼睛里隐约闪烁着渴望的光。

"今晚来我的房间怎么样?你在那儿慢慢说……"

冴子最近租住在公寓。我没有女朋友的时候,每个月去她那儿一两次,两个人一起吃饭,然后做爱。我们一直保持着这种关系。

我的视线不由自主地被白羽绒服下那丰满的胸部吸引。将近两个月没有跟冴子发生过关系,我的内心渴望着肌肤之亲。像条件反射一般,我刚要点头的瞬间,脑海中忽然闪过遥望着窗外的黑发女子的身影,耳边也响起了"果然是'风流医生'吧"的揶揄声。

"不去了,今天就算了吧。"

"哎?真的?你怎么了,身体不舒服?"

"怎么了,我拒绝诱惑有那么奇怪吗?"

"当然了。明明每次一约你,你就像小狗一样摇着尾巴流着口水跟过来。"

"哪有!"

我高声抗议。冴子像受到蔑视一样噘起了嘴。

"只是你自己没意识到罢了。你看上去好像很酷,其实是个色鬼,从来没拒绝过我的引诱。"

事实的确如此，我并没有反驳。冴子脸上浮现出仿佛在炫耀胜利的表情，让我有些反感。

"说真的，发生什么事了？交上护士女朋友了？那种关系不会长久的，反正不到一个月你就会被甩。"

冴子夸张地耸耸肩膀，她对我以往的异性关系了如指掌。

"才不是呢。真不好意思，每次都这么快被甩。"

"能跟你长期交往的，也就是我这种人了。呃，不是交了女朋友是什么？不会吧，难道是遇到了喜欢的人？"

面对她咄咄逼人的语气，我一时说不出话，冴子瞪大了眼睛。

"真有喜欢的人了？！"

"你声音太大了吧，别那么激动。"

"当然激动了！苍马竟然有心上人了！"

"我喜欢上什么人，有那么奇怪吗？"

"当然奇怪。"冴子不住地嚷嚷，"你竟然会有喜欢的人，这件事简直……"

一脸惊讶的冴子像食肉的猫科动物一样闪身过来，飞快地拉开抽屉，把我刚要动笔写的信拿了出来。

"这是什么，不会是情书吧？"

"好了好了，别嚷嚷。不是什么情书，只是普通的信……"

"那么，上面这位'弓狩环'就是你爱慕的人吧？"

"别多管闲事。什么嘛，我有喜欢的人，至于搞出这么大的动静吗？"

"因为迄今为止，你还没有对哪个女人情有独钟过。"

的确如此。之前交往的女性都是主动向我示爱，唯一的例外大概只有眼前的冴子。

"就算是这样，那么大惊小怪也……"

一脸认真的冴子突然靠近我的脸，我只好闭上了嘴巴，把后半截话咽了下去。这时，冴子的白大褂口袋里响起了电子乐。她取出医院内联络用的无线电话，简短地说了几句，皱着眉头挂断。

"病房呼叫，我得走了。晚点连欠款的事一起说清楚啊。六点在正门的玄关见。"

冴子用食指指着我的鼻尖，不等我回答就离开了医务室。

傍晚六点，我无可奈何地朝正门的玄关走去，刚巧跟一位有点头之交的年轻护士擦肩而过。

"啊，碓冰医生，好久不见。最近一直没看到您啊。"

护士轻轻扬起手打招呼。

"上个月有地区实习，去别的医院了。"

"啊，这样啊。护士间有传闻说您遇到了麻烦，才休假了。"

"啊？怎么会这样说？"

"上个月，有好几个护士都从一个奇怪的男人那儿听说了关于您的事。我也听到了。"

护士指指自己的鼻尖。

"奇怪的男人？怎么说的，你们都听到了些什么？"

"笼统来说，主要有工作上的言行，患者对你的评价，还有……跟女性的关系之类的。"

护士的眼神中透露着怀疑。小道消息在护士之间传播的速度超乎一般人的想象。恐怕所有的谣言都来自那个男人。

"他为什么打听我的事，真是令人讨厌。"

"那就不知道了。反正碓冰医生遇到麻烦来不了医院的谣言已经传开了。"

"那些奇怪的谣言就别再传了。麻烦你帮忙解释一下吧。"

"好的好的,那回头见。"

我轻轻挥手,目送着护士离开,继续往前走。

有人在调查我的事?到底是谁在调查,又是出于什么目的呢?我百思不得其解地走向正门玄关,冴子已经等在那里了。

"你迟到了呀,去'流淌'吧。"

冴子不管我有没有异议,大步流星地往前走。"流淌"指的是广岛市内为数不多的夜生活场所——流川街。因为也没想出什么好去处,我便跟她一起往那儿走。

过了本川桥,进入和平纪念公园,"和平之灯"的橙色火焰在右手边摇曳。走过元安桥,左侧能远远望见原子弹爆炸遗址。穿过公园,便到了时尚店铺和土特产商店林立的本通商业街。拐进小巷,雅致的画风突然一变,四下里弥漫着夜晚的娱乐场所独有的空气,撩拨着内心深处最柔软的地方。

尽管六点刚过,流川街上已是霓虹闪烁。我和冴子进了一家挂着红色暖帘的烧烤店。两年间,我们曾无数次光顾过这家店。进入狭长的店面,首先映入眼帘的是吧台,榻榻米座席在最里面。因为时间还早,店里顾客很少。我们在最里面的吧台边落座。

"先来两杯生啤,然后再来烤牡蛎、和牛刺身、五花肉,还有炖牛肉。"

一坐下,冴子就自作主张地点了菜。她点的菜以铁板烧为主,我意识到今天晚上将是一场持久战。

她的意思很明确,不从我这儿套出点消息绝不点主食,不说明白就别想回去。

这下可麻烦了。我尽量不让冴子察觉,悄悄地叹了口气。

"让您久等啦。"

两杯冒着泡沫的生啤被放到了吧台上。冴子拿起一杯,一口气喝了一大半。

"来吧,老实交代,在神奈川到底发生了什么?"

冴子把扎啤杯咚地放在吧台上,看着她发誓要问出个所以然的眼神,我的内心不禁陷入沮丧。

"……大致就是这样。"

我把在叶山岬医院发生的事一件件说完,只有一个事实除外。这时店里已经坐满了客人。时钟指向晚上八点,我滔滔不绝地说了一个半小时。其间,冴子几乎没有说过话,只是喝着啤酒吃着烧烤听我说。因为喝了不少酒，她的脸上现出微微的红晕。

"原来如此。你喜欢上了帮你打开父亲这个心结的人。"

冴子把杯中剩的最后一点啤酒喝光了。

"苍马，那是真正的恋爱吗？"

"……什么意思？"

"我由衷地觉得，你能解开关于父亲的心结真是太好了，当然还有还清债务这件事。我知道你从学生时代开始，就被这两件事禁锢着。"

冴子说完，又补充了一句："比任何人都清楚。"

她接着说道："明信片的谜底解开了，你知道自己并没有被父亲遗弃，感到无比的喜悦，对吧？仿佛整个世界焕然一新。"

"你怎么会知道……"

"也不看看我们认识多久了。"

冴子得意地抬起下巴。

"这样一来，你眼中的世界一下子变得明亮起来。而且那个改变你的女子就在眼前，她看起来是如此耀眼。你觉得那就是真正的爱了。"

"你想说是我理解错了吗？"

"也不是，事实上比起爱情，说'认同感'更确切。刚出生的鸟会把第一眼看到的动物当作亲人。你因为被救赎而产生感激之情,觉得眼前的世界变得豁然开朗,这几种感情混杂在一起,你便认为自己陷入了爱情,不是吗?"

尽管有些口齿不清,但不得不承认冴子的话很有说服力。

"对了,还记得我跟你分手的时候吗?"

"当然忘不了。"

话题突然一变,我下意识地皱起眉头。

大概是在三年前,大学期末考试结束后,我像平常一样在冴子的房间过夜。第二天早上,就像在说"早饭吃什么"一样,冴子用十分平淡的口吻提出了分手:"从今天开始,我们就结束恋人关系吧,拜托了。"

"你知道那个时候,我为什么要跟你分手吗?"

"不知道。我想可能是厌倦我了,或者喜欢上了别的男人。"

"可是,分手之后还跟你过夜,也不像有其他男朋友的模样,你那会儿肯定也琢磨不透吧?"

冴子好像不满足于光用嘴说,还用肘弯撞了撞我的肋骨,准确地击中肝脏的部位,让我几乎喘不上气。

"快住手,撞得我疼死了。"

"啊啊,对不起,这是学生时代的后遗症。言归正传,还记得分手那天早上,你在干什么吗?"

"那个……"

我还记得冴子忧伤的笑容,但对自己在做什么却没有印象了。

"你在我的书桌边学习。期末考试结束的第二天早上,你就没日没夜地啃参考书。看到你当时的样子,我就明白了,你并没有爱过我。"

冴子停了一下,又跟服务员要了一杯酒,然后继续说下去。

"你全心全意爱着的只有家人。为了家人,你可以做超乎常理的事。"

"超乎常理?没有吧。"

"只是你自己没有意识到,非常超乎常理。还记得你加入我们俱乐部的事吧,不就是因为脑外科教授是我们的顾问吗?为了将来能加入那位教授的团队,你参加了完全不感兴趣的俱乐部,想跟教授建立联系。作为一个一年级学生,你是不是太较真儿了?"

"医学部的人不是都会参加一两个运动俱乐部

吗？我想，就索性参加一个对未来最有益处的，所以才选了你们俱乐部。"

"一般来说大家不会考虑有什么益处，只有真心喜欢才会加入。可是，你明明出于那样的动机参加，却仍然认真地训练，最终成了队长。"

"反正一样要花时间训练，当然要尽量让时间花得有意义。而且成了队长，让担任顾问的教授有印象就更好了。"

"真是有计划性啊。所以说，你可以做超乎常理的事，但终究是为了家人……如果是为了我，你肯定做不到，所以我下决心要和你分手。"

冴子美丽的面容因为痛苦而扭曲了。

"那种事……"

"你想否认？那么交往的三年里，你爱过我吗？"

冴子投来带着挑衅意味的眼神。我支支吾吾的，过了几秒钟才开口。

"我是喜欢……你的，跟你在一起的时候很快乐。"

"嗯，我知道。你和我两个人不知为什么很合拍。"

冴子恶作剧般向我抛来一个媚眼，继续说道："还有，我们的身体也很合拍。"

我心里咯噔了一下。

"不过呢,你所说的'喜欢',最终也不过是好朋友之间的'喜欢'。我们之间的关系,从一年级开始就没变过。"

因为学号挨着的缘故,我和冴子大多数情况下都在同一个班实习,而且又加入了同一个俱乐部,一起流汗一起成长。长时间的相处让我们慢慢变得融洽,彼此间的距离也渐渐地拉近了,最终发展成了可以称作好朋友的关系。升入大二以后,两个人才真正有了肌肤之亲。

"也许……就像你说的那样。"

我用筷子夹起烤牡蛎。冴子眼神游移,自言自语:

"我多么渴望被人爱着啊。"

"冴子……"

"啊啊,不好意思。有点失态了,今天喝得有点多。"

冴子在胸前合起双手,仿佛在鼓励自己振作起来。

"总而言之,我意识到了即便跟你像恋人一样交往下去,也不可能顺利结婚、组建家庭,所以没有未来。而我呢，向往婚姻和家庭，所以趁着给彼此的伤害还不深的时候，下定决心和你分手。"

服务员把冴子点的扎啤放到她面前，她端起来一饮而尽。

"真遗憾，你不是命中注定跟我共度一生的人。不过呢，现在应该算得上最好的朋友吧。"

这些话令我难为情，为了掩饰这种情绪，我喝了一大口啤酒。

"一般情况下，即便是好朋友，也不会让男性在自己家过夜吧。"

"可能是命中注定的人还没出现。"

"出生前分裂出去的另一半吗？"

我想起了从由香里那儿听来的传说，冴子又用胳膊肘捅了我一下。

"你也知道这个浪漫的传说啊。对啊，等那一半出现了，就不让你来我家了。所以每天给自己提个醒，提前做好心理准备吧。"

"你就饶了我吧。"

我不禁苦笑。冴子放松下来的表情却又严肃起来，说道：

"对了，言归正传，你对那个在神奈川遇到的女人的感情，真的是'爱情'吗？难道不是把感激之情当成了爱情，就像刚才说的类似'认同'的那种？"

"那是……"

我刚要回答，冴子朝着我摊开手掌。

"考虑清楚再回答……拜托了。"

这句话的发音有点奇怪，冴子像开玩笑似的加重了语气。她那朦朦胧胧的眼睛恢复了清澈，眼神中带着想要倾诉的光芒。我不再说话，闭上眼睛让意识沉入灵魂深处，想弄清楚我为何如此思念由香里。

坐满客人的店里充斥的喧哗声消失了，取而代之的是关于叶山岬医院的回忆，跟由香里共度的一个月的记忆色彩鲜明地浮现在眼前。

从初见时坐在窗边的由香里，到她最后一天给我的温暖拥抱，还有在耳边喃喃告别的瞬间。一个个记忆片段仿佛散发着淡淡的光芒。一股温暖的气息从腹部升上来，逐渐包裹住全身。我慢慢睁开眼睛。

"有答案了吗？"

听到冴子的问题，我轻轻点头。

"嗯，有了……我的确爱着由香里。一想到她就会胸口堵得慌，心也隐隐作痛，却感觉到幸福。这种情感和感激，与友情截然不同。这一定就是爱的感觉，不是吗？"

冴子用母亲看着儿子般的目光望着我。

"嗯嗯，那就是爱了。如果是这样……苍马，你是真的喜欢上她了。"

冴子望向天花板，接着突然用手掌拍了拍自己的脸颊，发出好听的脆响，引得几位顾客朝这边看。

"大姐，来一份御好烧！"

她精神十足地朝过来的服务员点了主食，用手环住我的肩膀。

"那么，现在那个人是什么情况？作为你的好朋友，你跟我讲讲嘛。"

好奇心旺盛的冴子提议道。她的目光带着一点湿漉漉的味道，我装作没看见。

"什么啊？才过了两个星期，就迫不及待地寄情书了？"

冴子一边把浓稠的酱汁浇在冒着热气的御好烧上，一边发出无奈的感叹。

"这足以证明你还是情窦初开的小男生，搞不好就变成骚扰了。"

她用勺子把御好烧送进嘴里。

"那你说该怎么做才好?给点高明的建议吧。"

我也用勺子把切成小块的御好烧塞进嘴里。面饼、荞麦、洋白菜交织出的绝妙口感,搭配着微甜的酱汁,美好的味道在口腔里蔓延。

"恋爱呢,要欲擒故纵。越是强硬地进攻,对方越会逃跑。要先进攻再撤退,反反复复,让对方不安。这一招适用于男人。"

冴子竖起食指,开始得意扬扬地说教。

"你说适用于男人……那女人有不同的方式?"

"有啊。"

冴子探过身子,用食指钩住毛衣轻轻往下拉,胸前的春光一览无余,我勺子里的御好烧落到了吧台上。

"看,男人是用下半身思考的,很简单,尤其是对你这种故作正经的色鬼来说。不过呢,女人就不是这么简单了,要有严密的作战计划!"

"作战计划?具体来说该怎么做呢?"

"首先呢,要有一段时间不联系对方。如果收不到你的信了,对方不明白你的用意,反而更在意你。

那样一来她就会感到焦虑，这不就变成持久战了吗。"

"持久战啊，这个有点难。"

我把杯底剩的啤酒倒入口中，温暾的啤酒尝起来更加苦涩。

"难？指什么？"

"那个人是位住院的患者，我说过吧？"

我并没有对冴子详细解释由香里的病情。

"不会吧？难道是患了什么严重的病，甚至更糟糕？"

"胶质母细胞瘤……"

冴子停下了手，艰难地重复了一句：

"胶质母细胞瘤？"

我轻轻点点头。

"剩下的时间……还有多少？"

"最多不过半年……也可能两三个月，说不定更短。"

冴子双手捂住嘴巴，目瞪口呆，我在她身旁咬紧了牙关。

"你还待在这儿干吗？"

冴子突然揪住我夹克的衣领。

"待在这儿干吗？和你吃御好烧……"

"浑蛋，现在不是说这个的时候，快点去跟那个人告白！把你的想法告诉她啊！"

"呃、呃呃……"

"快，快点明明白白告诉她！"

"所以才写信……"

"写什么信，去亲口告诉她！"

"可是，她连电话都不让医院转。"

这个星期，我无数次地往叶山岬医院打电话，每次都以"她本人不想接外面打来的电话"为由被拒绝。

"谁会在电话里告白？"

冴子看向我，目光十分严峻。

"是男人的话就去见她，看着她的眼睛向她告白！"

"直接去见她……对方可是在神奈川啊。"

"那又怎样？"

"这……"我哑口无言。

"明天就是周末了，你有什么计划？"

"明天上午要接待参观皮肤科的外来团体，下午是处理病房事务。周日那天没有特别的安排……"

"皮肤科的病房事务应该结束得比较早。只要坐新干线去，完全来得及。"

"不会吧，你让我明天去神奈川？！"

"干吗大声嚷嚷？也没什么不可能的吧？"

"不不，倒不是说不可能，这么由着性子说去就去，恐怕由香里也会感到困扰……"

"现在不是说这些的时候！"

冴子大声喝道，我闭口不言了。

"如果不把你的想法原原本本地告诉她，万一她死了该怎么办？你会后悔一辈子的。就像你父亲的事情一样，你可能永远被囚禁在里面，那样真的好吗？"

"不、不好。"

"所以赶快去。明天是白色情人节吧。刚好带上礼物，像个男人那样向她告白！"

冴子盯着我的眼睛，我看着她，点点头。

"嗯，明白了，就照你说的做。"

冴子笑逐颜开，用勺子把一块御好烧塞进我的嘴里。

"万一被拒绝了，回来以后，我会摸着你的头安慰你的，放心吧。"

2

第二天是星期六,下午两点半刚过,我托着下巴在电脑上查看新干线的时刻表。皮肤科住院的病人很少,病房事务早早就处理完了。指导医生今天也没有交代其他工作,下午三点就可以下班。

三点离开医院返回宿舍,我整理好衣装,搭广岛电车赶往火车站。保守估计,坐上新干线应该是下午五点左右。从广岛到横滨的"希望号"路程不到四小时。那个时间再赶去叶山岬医院是不可能了,所以只能在横滨周边住一夜。想好搭乘哪趟列车后,我打开订酒店的网站,搜索新横滨站附近的商务酒店。

可是,这样主动进攻真的没问题吗?制订了详细的计划之后,我渐渐开始不安起来。最后见面那天,由香里阻止了我想要告白的举动,连直呼她的名字也被拒绝了,她请求我忘了她。

电脑屏幕上显示出了性价比最高的酒店,我把鼠标放在了"确认预定"的按钮上,手指却停了下来。

"是男人的话就去见她,看着她的眼睛向她告白。"

冴子昨天的话仿佛还在耳畔回响。我咬住嘴唇按下鼠标,画面上弹出"感谢预定"的字样。

我胸中有生以来第一次燃起微弱的火焰,我必须让由香里知道自己的心意。况且,我也得了解她的心意才行。就在我下定决心的这一刻,胸前响起了电子乐,原来是挂在脖子上的无线电话响起了刺耳的旋律。

"偏偏赶在这时候。"

我暗自抱怨着把电话放到耳边。

"我是碓冰。"

"这里是前台,有位客人想见见您。"

"客人?是谁?"

"他自称是一位律师。"

前台姑娘的声音传过来。

"律师？律师为什么要见我？"

"我没有细问，说是有重要的事。请问该怎么处理呢？"

听着前台姑娘的话，一种不祥的预感涌上心头。

"碓冰医生，初次见面，我是箕轮。"

眼前这位中年男子用双手把名片递给我，上面写着"律师 箕轮章太"的字样。

这座综合住院楼里有皮肤科、眼科、泌尿科等科室。我带着箕轮律师来到了大楼一角的病情说明室。

"非常感谢您能在百忙之中，抽出时间与我见面。"

我观察着这个深深地弯下腰冲我鞠躬的男人。他言行得体，名牌西装穿在身上也显得很自然。但说不清为什么，我对眼前的人有一种莫名的厌恶感。

难道是因为他摆出一副有钱人的姿态？但我很快就否定了这个想法。

面前的男人虽然态度殷勤，那双细长的眼睛里却没有丝毫温度。每每与他对视，我都有一种被爬行动物袭击的感觉。这个人有着细长的眼睛和眉毛，以及尖尖的下巴，俨然像一只蜥蜴。

我端详着他，有种在哪里见过面的感觉，却想不起是什么时候。

"请坐，不知您有何贵干？"

箕轮律师说了句"好，不客气了"，便在竹椅上坐下，从手上的包里拿出一个棕色的信封。

"今天前来叨扰，是想向您说明关于遗产分配的问题。"

"遗产？"

这意料之外的词令我提高了声音。

"您说的是邮票的相关手续吗？"

我把父亲留下来的邮票卖掉后，中介公司曾提醒过我可能需要缴纳继承税。那时候他们说过会介绍专业的律师……难道就是这个男人？

"邮票？"

箕轮律师微微皱眉。

"我不明白您在说什么，请允许我说明一下。委托人在遗嘱中写了留给碓冰医生三千零六十八万日元的条款。您有接受这笔遗产的权利，也可以放弃这项权利。如果决定继承这笔钱，您需要跟我一起……"

"请、请等一下!"我反问道,"你刚才说三千零六十八万日元?"

"嗯,是的。有零有整的数字,想必有特殊的用意吧。"

当然有。这个数额刚好是我家里的欠款和奖学金剩余的贷款加在一起的数字。冷汗像水一般从全身的汗腺喷涌而出。明明开着空调,我却不住地发抖。

"当然,无论这个数字有怎样的含义,我们都要在尊重委托人遗愿的基础上依法处理。就像我刚才说的那样,委托人留给你……"

我忽然探出身子,抓住箕轮律师的肩膀。他的眼中第一次闪过有情感的光芒,那是夹杂着恐惧和敌意的目光。

"碓冰医生,能把你的手拿开吗?"

箕轮压低声音,像自言自语般说道,可是我并没有松手。

"你说的委托人到底是谁?"我惊慌地质问他。

心虚的表情在箕轮律师的脸上一闪而过,他故作镇定地挤出微笑,握住我的手。

"是我失礼了。应该先说明一下委托人的情况。"

他煞有介事地停顿了一下,继续说下去。

"我的委托人是弓狩环女士。我受她的委托,特地从东京来到广岛与您见面。"

"由香里……"

心爱的女子的名字无意间脱口而出。

律师受她的委托来见我,说要留给我一笔跟我的债务数目一样的钱。这代表什么?其中的含义非常明确。可是从我的大脑到全身,每个细胞都拒绝接受这个事实。

"为什么由香里她……现在由香里在哪儿……"

我像梦呓般自言自语。

"啊,这件事您还不知情啊。我还以为您已经收到消息了,所以没有提前说明,向您表示深深的歉意。"

箕轮律师低头致歉,边说边用细长的眼睛窥伺我。

"真是非常遗憾,弓狩环女士已经在四天前去世了。"

仿佛脚下的地面崩塌了,我被抛向空中。眼前剧烈的晃动让我几乎从椅子上跌落。

"您没事吧?"箕轮律师用关切的口吻询问。

"不可能的……由香里她……死了?"

我从喉咙深处挤出声音,箕轮律师不知所措地挠了挠脸。

"我理解您的心情,不过弓狩女士是脑肿瘤晚期,一直处于随时可能离开人世的状态。您不知道这个情况?"

可是,怎么会这么快。还没有让她知道我的心意……

我双手抱住脑袋,大脑一片混乱,根本无法思考。

"是、是啊。可是让我继承遗产本身就很奇怪!我已经跟由香里小姐郑重说过,不会继承她的遗产。她不应该给我留下什么遗产。"

我混乱地自言自语。哪怕一点点,一点点也好,我拼命寻找能证明由香里还活着的证据。

"就像我刚才说的,她在二月十日写下的遗嘱里,明确地写着要留给您三千零六十八万日元。"

"二月十日……"

那天,由香里的确说过有重要的客人要来,所以我等到三点后才去了她的房间。想到这儿,我忽然记起在哪里见过这个箕轮了，他就是那天到访叶山岬医院的两位西装男子中的一位。那所谓的访客就是箕轮，而由香里那时在这位律师的见证下，写完了遗嘱。

跟由香里和解是在二月十四日深夜。她在那之前写好了遗嘱，但还没来得及改写就去世了，这么想是符合逻辑的。

由香里去了另一个世界，我们不可能再见面了。这个事实一点点渗透进心里，我的胸中掀起暴风骤雨。无法言喻的哀伤和懊恼猛烈地袭来，几乎超过了内心能承受的极限，情感渐渐变得麻木。身体仿佛一瞬间被掏空似的，巨大的空虚席卷了全身。

"那……葬礼什么时候举行？"

"葬礼由近亲操办，她的遗体已经火化了。"

"是吗……她在最后的时间里受苦了吗？"

她说过，希望在海边的房子里像静静地睡着一样死去，她连这个愿望也没有实现。

"这个我不清楚。因为在她生命的最后时刻，叶山岬医院的医生并没有陪在她身边。"

"什么……"

我慢慢扬起一直低垂的头。

"你说什么?由香里是在叶山岬医院离世的吧?"

"不。确认她死亡的是横滨市内的综合医院。据说她是倒在横滨的大街上,被路过的人发现,送到了附近的医院,但最终没能抢救过来。"

"倒在横滨?被路人发现?那陪同的医务人员在干什么?!"

"具体情况不清楚,据我所知,她是一个人外出的。"

"不可能!"

我猛地站起来,椅子倒在地上,发出巨大的声响。

"由香里小姐在上个月下旬之前都没有离开过医院,后来可以外出,也不过是在医院附近散散步,而且都由我陪同……"

"碓冰医生……"

箕轮律师压低声音,打断我的话。

"弓狩女士的病情究竟如何,我并不感兴趣。她确定无疑地已经死亡,而且把一部分遗产留给了你。"

箕轮律师的眼中充满了锐利的光芒,像叮嘱似的又重复了一遍。

"弓狩环女士已经死了。"

我久久地遥望着水面，目光毫无焦点。到底这样过了多久呢？仿佛才十几分钟，又好像已经过了很多天，我就这么呆呆地望着缓缓流动的元安川。

接受了由香里死亡的事实，我平静下来，一个人坐在河边的长椅上。

箕轮律师把一些事务上的手续说明完毕后，便起身离开了。之后，我像踩在羽毛被上一样，心神不宁地从医院出来，在和平纪念公园里徘徊。那些记忆就像发生在梦里一样混沌不清，我无法判断它们是否在现实里发生过。

微微抬起眼，河对岸的原子弹爆炸遗址跃入眼帘。遗址的外墙已经崩塌，有部分钢筋裸露在外，尽管如此，它依旧矗立在那里，成为和平的象征。遥望着那梦幻般的光景，周围的一切变得愈发不真实。

由香里死了。这个世界上已经没有她的身影了。眼前只有昏暗的河流日复一日地流淌着。一想到这儿，我就有种似乎要被那条河吸走的错觉。

突然，有什么人坐在了我的身边。我慢吞吞地转过头，看到了一张熟悉的面孔。

"嗨！"榎本冴子冲我扬扬手。

"冴子?"

"是啊,我是冴子。你在这个地方干吗呢?本以为你这个时候已经坐上新干线了。"

"没什么……"

"可不是没什么的样子。见过你的同事给我打过好几次电话了,说什么'碓冰医生像僵尸一样在公园徘徊''就像《明日之丈》的最后一集一样,在元安川的长椅上坐着'。你说,我又不是你的监护人……"

冴子像演舞台剧似的,夸张地耸了耸肩,眼神中却满含温柔。

"说吧,怎么了?发生了什么事?"

我颤抖着张开嘴唇,却只发出了轻微的叹息声。冴子细长的眉毛拧成了八字形。

"原来是这样……你喜欢的人已经去世了,是吧?"

"你怎么……"

"我就是知道。昨天说过,我们都交往那么久了。你什么时候知道这个消息的?"

"就在刚才……据说是四天前去世的……"

"唉,真是太遗憾了。"

冴子伸出手，轻轻地捧起我的脸。我的脸被那柔软而温暖的触感包裹住，有种似曾相识的错觉。我搜寻着记忆中相似的一幕。上个月，在夕阳下的瞭望台上，得知十五年前的真相的时候，我也这样被由香里拥抱过。

由香里比冴子身形娇小，她胸口的柔软，她的体温，她心脏的跳动，此时此刻仿佛冲击着我的身心。麻木不仁的心随之融化，失落已久的情感一股脑儿向我袭来。

激烈的情绪仿佛要冲毁堤坝，无法抑制地喷薄而出。我抱住冴子失声痛哭。所有的情感似乎都被她身上的毛衣，还有毛衣下面那丰满的胸脯吸了进去。

冴子只是默默地抱住我，不断抚摸我的头。

充盈在胸口的悲痛仿佛都融化在了泪水里，被冲洗干净。我调整呼吸，从冴子的胸口抬起头。

"好点了？"

冴子偷偷瞟了我一眼。

我用夹克的袖口擦了擦满是泪水的脸，长长地叹了口气。

"啊啊,我的毛衣都湿透了。这是我非常喜欢的毛衣啊。这下好了,没法穿了。"

"不好意思,我会赔你一件的。"

"开玩笑的。再说了,你这种连约会都AA制的小气鬼居然毫不犹豫地说会赔,你还真是变了。"

"小气是我不好。但也不像你说的,我并没有改变什么。"

"或许你自己不知道,你是真的变了。改变你的是那个死去的人吗?"

"嗯,是吗……"

我反复在脑海中回味关于由香里的记忆。为了不让自己失声哭出来,我抿着嘴唇,咬紧牙关。

"之后你有什么打算?"

"什么打算……"

"她的葬礼呢?"

"她的近亲已经操办完了。"

"这样啊。那只能去扫墓了吧。"

只能去扫墓,真的是这样吗?托冴子的福,我混乱的情绪镇静下来,刚才听箕轮律师说明情况时产生的疑问也随之复苏。

为什么由香里会倒在横滨呢?从叶山岬医院到

横滨,坐车也要将近一个小时。上个月刚刚飞出"钻石鸟笼"的由香里不可能一个人走那么远。

我不知道在她身上到底发生了什么,那种想探知真相的欲望从心底喷涌而出。

"你怎么了,苍马?"

冴子可能注意到了我的神情变化。我把察觉到的疑点告诉了她,边说边在头脑中梳理,总觉得哪里不对劲。

"也就是说,你必须弄清那个人周围到底发生了什么,对吧?"

是的。我想知道由香里到底遭遇了什么,她人生最后的时刻是怎样度过的。听到冴子的话,我重重地点点头。

"那样的话,就得去现场看一看。"

"现场?去神奈川?可是……"

冴子看着迷惑不解的我,从容地从外套口袋里拿出手机。

"到新横滨的新干线,最后一班是晚上八点零一分从广岛发车,现在抓紧的话没准还能赶上。"

冴子把液晶屏上的换乘导览图拿给我看。我慌忙看看表,指针指向晚上七点半。

"可是,到横滨也已经是深夜了吧。明天一天要做各种调查,怎么算时间都不够。后天还得回来工作……"

"苍马,你不觉得有股寒气吗?"

"寒气?是啊,稍微有点冷……"

这一带都没有遮风的东西,坐在河边,冷风无遮无拦地吹过来。

"啊,着凉了吧。这下糟糕了。马上就会关节痛、发烧、食欲缺乏,对吧?所以无心工作,才漫无目的地到处溜达?"

冴子突然把脸凑过来,我不明白她的意图,皱起了眉头。

"流感!"冴子指着我的鼻尖,"你一定是得了流感,今年正好盛行流感呢……"

"不不,还不至于到流感的程度……"

"你不相信我的诊断?没错,肯定是流感。既然是这样,下周就别来医院了。"

我瞪大了眼睛,终于明白了冴子的意思。在广岛中央综合医院,凡是有职员被诊断为流感,为了防止传染给医院里的病人,都会被要求暂时停止上班。

"冴子……"

我从长椅上站起来，冴子朝我挥挥手。

"好了，还不赶快出发。医院那边我会应付的。"

"谢啦，我会报答你的。"

"想感谢我的话，下次再去喝酒的时候，奢侈一次就行了。让这么小气的你奢侈一次，也够我得意的了。快，时间不多了。"

我又重复了一遍"多谢"，撒腿便跑。穿过元安桥，奔向周末人头攒动的本通商业街，位于鲤城路交叉口的本通站跃入眼帘，我迟疑了一下，不知道该不该坐广岛电车。距离广岛站还有两公里，上下车的乘客比较多，这个时间可能还是跑着去更快一点。于是，我再次开始奔跑。

到了市区主干道的相生路，我一边喊着"借过"，一边拨开人群。最近运动不足，身体很快开始抗议。穿过稻荷大桥的时候，腿上的肌肉变得像铁一样僵硬，肺也开始隐隐作痛。我看了下手表，指针指向了晚上七点五十。

已经快到极限了。我无视全身细胞发出的警告，继续往前跑。

在新干线入口的自动售票机那儿，我买了到横滨的自由席，随即登上站台扶梯。就在这时候，通知发车的旋律响起。我拼命跑上扶梯，冲进最近的车门。

我把手撑在膝盖上，努力地大口呼吸，车门在背后静静地关闭，新干线启动了。我靠着车门跌坐在地上。

3

"打扰了。"

我跟在院长身后进了门。第二天中午刚过,我便来到了叶山岬医院的院长办公室。

昨天夜里十一点半左右,我到达了新横滨站,然后到原本是为了见由香里而预定的商务酒店办理入住。逼仄的单人间里,一张床就占据了房间的大半,疲惫不堪的我没换衣服直接倒在了床上,闭上眼睛,却久久无法入睡。跟由香里在一起的回忆像放电影般在眼前循环播放。眼泪从眼眶中涌出,我带着不舍和怀念,在回忆——关于我和她的回忆——的海面上漂荡。

最终我整夜未眠,一直到了早上。浴室的水温时冷时热,让人饱受折磨。洗完澡后,我开始了调查。先是给叶山岬医院打电话,希望能跟院长见面。之后从新横滨乘电车再换巴士,在时隔两周后再次造访叶山岬医院,辗转来到了眼前的院长办公室。

我环顾四周。八叠大小的空间里放着限量版的书桌、古旧的待客桌椅,以及摆满医学书籍的书架。与这家医院其他设施的奢华相比,这里有一种不相称的简朴。

院长沉默地坐在沙发上。

"这个房间比我想象得要普通。"

我也在对面的沙发上落座。

"医院是为患者服务的,医疗人员的房间没必要那么奢华。碓冰医生,你特意从广岛赶来就是为了说这个吗?"

院长的语调一如既往,丝毫没有波澜,我摇摇头否认。

"不,是为了我在这家医院实习时负责的患者才过来的。"

"患者?是哪一位呢?"

"弓狩环女士。"

我舔了舔干燥的嘴唇,说出她的名字。

"弓狩女士啊,遗憾的是她五天前……"

"去世了。这个我已经知道了。"

为了不让声音颤抖,我尽力克制自己的情绪。

"那么,你还有什么想知道的?"

"我想知道她是怎么死的,为此才特意从广岛过来。"

"怎么死的?她大脑中有胶质母细胞瘤。胶质母细胞瘤是恶性程度最高的脑肿瘤,你是知道的吧?"

"嗯,当然知道。不过,她为什么会倒在横滨的马路上?她去横滨做什么?"

我从沙发上起身,院长的眼睛像利刃一样眯起来。

"你是怎么知道这些情况的?"

"这个不重要。还请你告诉我弓狩女士在没有医护人员陪同的情况下到横滨去的理由。之前即便外出,她也是到附近的地方转转。一个人去那么远的地方……"

"那是弓狩女士自己要求的。"

院长像自言自语似的,打断了喋喋不休的我。

"她的……要求?"

"是的。她说想一个人外出,所以我允许了。"

"你是说如果患者提出要求,就能获得许可吗?"

即便从医学的角度来说是危险的?"

面对我的质问,院长摇了摇头,脸上露出倦怠的神情。

"当然了,从医学的角度来说,太勉强的话是不允许的,但是她已经具备长时间外出的可能性了。"

"弓狩女士仅仅在一个月前还极度害怕外出,即使走出医院,也会陷入恐慌状态。"

"现在不一样了。她已经一个人去过好几次横滨了。"

"啊?"

我不禁大吃一惊。

"我结束在这儿的实习后,弓狩女士多次一个人外出?"

"不是,是她在你来这儿实习前,就曾多次一个人外出。"

"你在说什么?弓狩女士不是因为害怕被亲戚谋害,才没办法外出吗?"

"嗯,你说得没错。"院长点点头,"但是在我们医院经过一段时间的认知行为治疗后,她的外出恐惧症得以改善,几个月前已经能随意地外出了。"

"等、等一下。不可能。我说的是弓狩环女士,您是不是跟其他患者搞混了？"

"当然不会。我是医院的院长，了解所有入院患者的病情。"

"那弓狩女士在上个月又患上了外出恐惧症的事，您知道吗？"

由香里把病房比喻成"钻石鸟笼"，跟我一起去图书馆时还崩溃地大哭。她怎么可能从几个月前就开始单独外出？

"不，不是的。"院长摇摇头，"就在你实习期间，她也每周外出好几次，每次的时间都不短。"

简直是胡言乱语！除了我回福山老家那两天，我每天下午都是跟由香里一起度过的。

在呆若木鸡的我面前，院长拿起内线电话低声吩咐了些什么。不久，一位年轻的护士走进房间，把一沓纸交到院长手上。

"你看看这个。"

院长把手上的纸放到矮桌上。

这些都是外出请假条，是住院患者外出时用于记录去处和返回时间的。一看到上面的姓名，我便一把夺过来，一页页翻看。

十多张假条的患者姓名栏里，都写着"弓狩环"。

而且那些外出日期都在上个月，就是我在这家医院实习期间。

我感到轻微的眩晕，用一只手扶住了额头。所有的外出时间都是从上午到傍晚，也就是说涵盖了我在由香里病房里停留的时间。

"这些东西是伪造的！"

我把请假条"啪"的一声放回桌子上。

"这上面记录的时间段，我就在由香里小姐的病房里。这些全是你们制造的伪证！"

"我们为什么要伪造请假条呢？"院长低低地说道。

"这正是我想问你的！你到底有什么企图？你们到底对由香里小姐做了些什么？！"

在失声大喊的我面前，院长深深地叹了口气。

"你冷静一下。我想知道，你为什么对弓狩环女士的事这样穷追不舍？"

"是因为……"

我爱着她啊，有生以来第一次真爱。可是，我当然不能这么说。

"因为她……是我负责的病人。连续一个月每天都进行诊察的患者突然死了，而且疑点很多，才引起了我的关注。"

我搜肠刮肚地寻找着理由,院长轻轻皱了皱鼻子。

"碓冰医生,有件非常重要的事得告诉你。你要听好。"

院长缓缓地开口了,他的眼神里闪烁着怜悯的光。

"你一次都没有给弓狩环女士做过检查。你经历的那些都是幻象!"

他到底在说些什么,我根本听不懂。像发高烧似的,我神志不清,无法思考。

"什么意思……"

"就像我说的那样,你根本没有给弓狩环女士做过检查。"

"不可能。我每天都仔细地给所有患者做检查。"

"是住在三层的所有患者。可是,弓狩环女士并不住在三层。"

"你在说什么?难道你打算说根本没有弓狩环这位患者?"

"不不,她的确是住在这个医院,只不过……"

院长竖起两根手指向我一指。

"是二层。她住在二层,负责三层的你不可能给她做检查。"

"住在二层……"

我瞬间僵住了,随即剧烈地摇头。

"不对,由香里住在三一二号病房,是一间能看到大海的特殊的病房。"

"真是没办法啊。你跟我来吧。"

我站起身,跟随院长走出房间。院长走上三层,进了护士站。我紧随其后。熟悉的护士们在里面忙碌着。

"啊,碓冰医生,怎么?你不是回广岛了吗?"

院长看着瞪大眼睛的护士长,开了口。

"护士长,上个月谁住在三一二号病房?"

"三一二号吗?没有人住。那间病房已经有三个月左右没人住了。可能房费确实太贵了。要不咱们讨论一下,稍微降降价吧?"

我觉得膝盖发软,好像稍一松懈,就会当场倒下。

"不对……由香里小姐……弓狩环女士不是住在那个房间吗?"

我求助般环视着周围的护士。可是她们给予我的并不是肯定的答案,而是怜悯的眼神。

"对了,小由,请让我见见朝雾由女士。"

小由一定会告诉我,由香里的确是住在三一二号病房。

"碓冰医生……"

护士长走过来,把手放在我的肩上,眉间凝出深深的川字。

"朝雾女士前几天也去世了,因为脑动脉瘤破裂。"

"居然……"

不只是由香里,连小由也……处在崩溃边缘的我用眼角的余光瞥见了轮椅的轮廓。我转过头,内村刚好摇着轮椅从护士站门口经过。我追过去,拉住了他的车轮。

"哦?!怎么回事?这不是碓冰医生嘛,难不成你没回广岛?"

"内村先生,三一二号病房,就是最里面那间,由香里,不,弓狩环女士一直住到了上个月,你记得吧?"

"三一二号病房?最近那儿没有病人住吧。小环住的是二层的病房啊……那么年轻的孩子却比我这个老人家先走一步。"

内村满是皱纹的脸因为遗憾扭曲了,那一瞬间,我跪在了地上。

"喂，碓冰医生，你没事吧？"

内村的声音仿佛从很远的地方传到我的耳边。

一双手搭在我的肩膀上。我筋疲力尽地抬起头，院长正俯视着我。

"我带你去看一下三一二号病房。在那儿，我会把发生在你身上的事说明一下。"

院长把双手插入我的腋下，把我扶起来，架住我的后背往前走。我像个囚犯一样在走廊里前行。终于来到了三一二号病房前，院长随手推开门。

我像被什么吸进去一样进了病房——这间充满和由香里的回忆的病房。现在，房间里居然……空空如也。

沙发、床头柜、书桌这些家具还在原处。可是，以前放满画册和影集的书架是空的，放在厨房里的茶具也不见了。窗边的床上没有被褥，只有裸露的床垫。而且，总是放在窗口的画架——由香里一直用来画画的画架也不知去向。

这的的确确就是三一二号病房。可是环顾四周，与记忆中的由香里相关的一切却了无痕迹。

"这个房间从去年开始就一直保持着眼前的状态。你来实习的第二天，因为受不了休息室的噪声，来问我下午能不能在这个房间学习。"

"我直接向院长您询问？怎么会有这种事？"

向院长提议的应该是由香里才对。

"上个月，你是为什么来这家医院的？"

院长猝不及防地问我。

"为什么？这儿不是研修的实习地点吗……"

"我问的不是这个。广岛市周边应该有好几处可以进行地区实习的医疗点，你为什么非要大老远来这家医院？"

"那是……"

"因为你处在精神崩溃的边缘。"

正式回答之前，院长似乎在努力寻找委婉的措辞。

"你在原本就很紧张的初期临床研修的过程中，占用睡眠时间努力学习，把自己逼得太紧，身心都到了即将崩溃的边缘。所以负责人建议你来这所业务不怎么繁忙，而且被大自然环抱的医院实习，对吧？"

"这代表什么呢？跟由香里的事有什么关系？"

"当然有关。你的精神状况刚好在来这儿的时候超过了负荷的极限。你在这个房间里跟弓狩环女士一起留下的记忆，都是你因为压力过大而几近崩溃的大脑制造出来的幻象。"

我的后脑勺仿佛突然遭受了重重的一击。

"不,不可能！我每天下午都跟由香里在一起！"

"你记忆中的那些并不是事实。你就在这间没人住的病房里，一个人学习。"

"不对，既然医生们都知道我能看到那些奇怪的幻象，为什么没人告诉我呢？"

"草率的否定会让你更加混乱，可能进一步诱发精神上的不稳定。况且，你并没有对其他人造成困扰，所以医务人员一致决定不去否认你的幻想。"

"那么，院长先生，您的意思是我根本没跟由香里见过面？"

"也不是。第一天进行新人培训的时候，你在院子里遇到了弓狩女士，寒暄了几句。应该是那个时候被她吸引了，然后才臆造出她住在三一二号病房的幻想。从那以后，你就没有见过弓狩女士了。我们医务人员也都刻意避免让你们碰面。"

"骗人！这不可能！由香里的遗嘱里还写了给我留下和我的欠款数额相同的遗产。只有一面之缘的人是不可能做出这种事的！"

我还在质问，院长轻轻摇头。

"弓狩女士拥有用之不竭的钱财，她听说了你的状况后感到同情，大概是冲动之下想替你还债吧。况且对她来说，几千万日元也不是什么大数额。"

院长娓娓道来，他的话让我哑口无言。

"可是，我记得清清楚楚，我记得在这个房间里跟由香里度过的时光，她泡的红茶的香气，跟她一起散步时在海滩上听到的波浪声！"

我激动地大声反驳。

"而且，我还跟小由和内村说起过由香里的事，我们还一起去过咖啡店的情侣座。所以，我和由香里相处的记忆不可能是幻觉！"

"你也是医生，应该知道的。人的记忆很容易被篡改。现在你口中的记忆，都是大脑崩溃后为了平复矛盾制造出来的臆想。"

"不对！不对！"

我用两只手挠着头。

由香里，这个第一次让我体会到爱情的女孩居然是幻象……居然是不存在的人？她住的这间三一二号病房就是证据。怎么想都想不通的我，忽然想到了一件事。

"请给我看一下病历!"

我对院长提出要求。

"我每天给由香里诊察,都写了病历。如果那些病历存在的话,就是我确实给由香里小姐做过检查的证据。"

病历是正式的医疗记录。如果是臆想,就算我写诊察记录,院长也会阻止的。也就是说,如果由香里的病历上有我留下的记录,就证明我确实给她做过检查,同时也能证明她住在三层。我握紧拳头等待着院长的答复。

"好吧……如果那样能让你接受的话,跟我来吧。"

院长整了整白大褂,把三一二号病房抛在身后,带着我下了楼梯,来到地下室。沿着地下落满灰尘的走廊前行,尽头是标着"病历保管室"的房门。他推开门,打开入口一侧的开关。荧光灯枯燥的光照亮了房间,里面挤挤挨挨地放着几乎触到天花板的高高的架子。架子上放着无数用细绳捆扎好的册子。纸质的病历表、出院患者的看护记录、诊察记录都会被整理成册,妥善保管起来。

院长迈着沉稳的步伐沿着狭窄的通道前行,在标着"YU"的架子前停下,食指按顺序在众多的册子上点过去,最后停在了一处。他取出那本册子递给我,封面上写着"弓狩环"的名字。

这本病历里面应该有我写的诊疗记录,绝对有。我咬紧牙关控制住手指的颤抖,打开了上个月的诊疗记录。

"不可能……"

二月的诊疗记录中居然没有我的记载,几乎全是"无变化""无明显变化"之类的手写文字,后面是院长的签名。

"这下你该明白了吧?"

我甩开院长放在我肩膀上的手。

"这些都是假的!病历全部被篡改了!"

"根本没必要花那个功夫。原本我们也没预料到你会突然回来,况且写诊疗记录的又不是我一个人。大概每周一次,康复科、皮肤科、精神科外聘的医生也要写诊疗记录。你是说连他们写的部分也要特意伪造一遍吗?"

的确像院长说的,别的医生也要做记录,笔迹和签名都跟院长的明显不一样。连那些都刻意伪造几乎是不可能的。

"如果还将信将疑的话,可以再看看后面的看护记录。上面应该记录了弓狩女士数月前就开始定期外出的情况。"

我已经没有勇气再确认这个事实了,册子从手边滑落。院长把掉在地上的病历本捡起来放回架子上。

"这下明白了吧。你见到的女人只是幻象。"

幻象……我想起来了。最后那一天,由香里抱着我,轻轻在我耳边低语。

"我是幻象。请把这样的我忘掉吧。"

早在那时,她已经告诉了我真相。也正因为这样,她才不允许我表明自己的心意。她要我回到现实的世界里,继续往前走。想到这里,我的视线一片模糊。

"你没事吧?"

院长的声音里带上了此前从未有过的温度。

"由香里拯救了我……拯救了一直被十五年前的事束缚住的我。她也许是个幻象,但是救赎本身是真实存在的。"

我嗫嚅着挤出这些话。

"那个女子存在于你的心中,并且拯救了你。"

院长把手放在我背上,我紧紧地抿着嘴唇,点点头。

"院长先生,"我抬起头,"为什么没把我的情况汇报给我研修的地方呢?一旦他们得知这个情况,我的研修会被终止的,因为那种状态的医生不适合从事诊疗工作。"

"我的计划是如果你的状态一直没有改变,就如实向他们报告。不过在这儿实习期间,你已经明显改善了。"

这一定是因为我遇见了那个幻想中的她。

"你的臆想并没有恶化,相反还可以判断它即将消失,所以我没有汇报。"

最后那一天,喃喃自语着"我是幻象"的由香里可能已经知道了,我很快就会再也见不到她,而她自己也将消失无踪。

我把双手放在胸前,此刻由香里可能正在那儿长眠。

"院长先生……"

我长长地呼了口气。

"能不能让我再看一眼三一二号病房,然后我就回广岛……像她所希望的那样,继续生活下去。"

院长细长的嘴角微微上扬。

我再次上了三层，沿着走廊向前走。我爱慕的由香里并不是五天前死去的弓狩环，她是我崩溃的大脑制造出来的幻象。

她是为了拯救我而出现的，目标达成后便消失不见了。我满怀感伤，同时又感到释然，因为她仍然活在我的心里。

只是……我在三一二号病房的门前停住脚步。只是，我无论如何都要对她说出我的心意，即便她只不过是我自己制造出来的幻象。

我伸出手推门的时候，忽然听到有人打招呼。

"哟，碓冰医生。"

扭头一看，坐在轮椅上的内村正靠过来。

"抱歉，内村，刚才打扰你了。"我挠挠头。

"别往心里去。追根究底是年轻人的特权。我这样的老大爷要是做同样的事，肯定被说成老年性痴呆。"

内村漫不经心地笑着，认真地看着我的脸。

"一脸的豁然开朗啊。问题解决了？"

"嗯嗯，算是吧。从今以后要往前看了。"

"是吗，往前看啊……"内村把双手抱在胸前，额头上挤出深深的皱纹。

"怎么了？"

"看你的样子，我觉得还是不告诉你比较好，但不说又不行。不管怎样，碓冰医生，算是我自言自语。你当作戏言一笑而过也好，听进去也好，都是你的自由。"

内村舔了舔嘴唇，压低嗓音。

"院长，不，这家医院是不可信的。"

"啊？你指什么？"

"就是字面上的意思。这家医院为了实现患者或患者家人的愿望，什么都做得出来。真的是任何事都做得出来。"

我刚刚平静下来的心，像水面泛起波澜一般再次变得混乱。

"任何事……具体指什么？"

"我能说的就是这些了。总之，这个医院的家伙都不可信，当然也包括我。好了，告辞了，碓冰医生。"

内村娴熟地转动轮椅，沿走廊往回走。

"请等一下，那我该相信谁呢？"

"明摆着的事儿嘛。"内村转身指着我的胸口，"你自己啊！"

"我自己……"

目送内村离开后，我走进三一二号病房，来到房间中央。

"此时此刻，最无法相信的正是我自己。"

我的自言自语在房间里轻轻回响。

内村说院长不可信，也就是说由香里并不是幻象？可是，当病历那样重要的证据呈现在我面前，我已经无法相信自己的记忆了，而且没有丝毫的痕迹证明由香里在这个房间里存在过。

我在沙发上坐下来，环顾四周。目光所及，处处是跟由香里有关的记忆，胸中隐隐作痛。我到底在这个房间里寻找什么呢？这样问自己的同时，我的视线在窗边停住了。由香里总是在那儿画画。刚见面时，我还问过她原因。

当时的对话在脑海中响了起来。

"很久以前，我听过一个传说，把自己的梦画成画，然后睡在上面，梦就会变成现实。"

"把画好的画放在床垫底下？"

"当然不行了，那样会弄脏的。我都当宝贝认真保管着呢。"

"放在哪儿了？"

"保密。万一被传出去了，会惹院长先生生气的。"

睡在画上……传出去惹院长生气……

难道是……我从沙发上弹起来,朝床边走去,匍匐着钻进床底下,脸几乎快要碰到木地板了。我盯着地板看,发现有一部分木条微微鼓了起来。

就是这儿!我从牛仔裤的口袋里取出钥匙包,把钥匙尖插进木条之间的缝隙往上撬。一小块地板很容易就被掀了起来,下面的空间一览无余。

我小心翼翼地把手伸进眼前的洞里,指尖传来纸张的触感。我慢慢地把里面的东西取了出来。

"啊……"

无法抑制的激动让我失声惊呼。那是卷成圆筒、用皮筋绑好的十几张画纸,是由香里的画!

我匆忙拿掉皮筋,展开画卷,淡淡的樱花色跃入眼帘。

烂漫的樱花树下,一头黑色长发的女子静静地站着,有个男人在她面前单膝跪下。正是我离开医院那天,由香里在描绘的美好光景。我把那幅画朝着天花板高高举起。

由香里并不是幻象。我跟她在这个房间里度过的宝石般的日子是真实存在的。映在眼睛里的樱花的颜色在我的泪水中蔓延开去。

4

我走上台阶环顾四周,刻有"中华街"字样的华丽大门跃入视野。门上挂满了原木色的装饰品,仿佛带着诱人的魔力。我穿过大门,尽管不是节假日,街道上仍然人头攒动。有中国人模样的男子拿着天津板栗,嘴里说着"请尝尝看"。

发现由香里水彩画的第二天,正午刚过,我便来到了横滨的中华街。刚好是午饭时间,很多中餐馆都在大声地招徕客人。街道上弥漫着诱人的香气,我早上只是草草地吃了一个三明治,现在肚子正咕咕作响。可是,我没有时间悠闲地享用午餐,便在街边的大排档买了个一只手几乎握不过来的肉包子当午饭,然后从牛仔裤的口袋里拿出手机,打开地图软件，GPS自动定位到了我此刻所在的位置。

"啊，就是这儿了。"

确认了目的地，我啃着肉包子把熙熙攘攘的中华街抛在身后，沿路上坡。几百米长的坡道尽头，左侧出现了一个开阔的公园，那儿就是我此行的目的地——可以看见港口的丘公园。我擦了擦额头上的汗水，走进公园。

昨天，我在三一二号病房发现了由香里藏起来的水彩画，又把它们放回了原来的洞里，把地板恢复原状。可能的话，我是想把那些画带回来的，遗憾的是并没有带能把画藏起来的包。我想让院长他们认为，我如今已经确信由香里是幻象了。

我表现出着实给大家添了麻烦的模样，用无可挑剔的态度跟院长和护士们一一道别后，离开了叶山岬医院，在日落时分回到了新横滨的商务酒店，开始绞尽脑汁地思考接下来该怎么做。

由香里的死一定有内幕，而且一定跟以院长为首的叶山岬医院的工作人员有关。这一点毫无疑问。

首先，我跟箕轮律师取得联系，询问了谁是由香里遗产的主要继承人。由香里生前非常恐惧有人因为遗产谋害她的性命。如果院长他们跟那个人合作的话……一种不祥的预感涌上心头，久久地挥之不去。

"本着保密原则，我不能把这个消息告诉您。对了，为什么您要了解这件事呢？"

箕轮律师不解地反问，我把正以新横滨的商务酒店为根据地，调查由香里的事如实告知他。如果能获取由香里的律师的信任，说不定能得到一些有用的信息。

"真的有调查的必要吗？弓狩女士不是死于脑肿瘤吗？"

"虽然是这样，但我作为她曾经的主治医生，还有一些疑问。"

我以此为托词，又向他保证只问这一个问题。箕轮律师诧异地反问："知道了又能怎样？"然后留下一句"我先调查一下"，就草草挂断了电话。

想弄清楚这件事，箕轮律师的信息是不可或缺的。可是，我又无法确定是否能从他那儿得到相关信息。还有没有其他的接近事件真相的方法呢？冥思苦想之际，脑海中突然闪过在叶山岬医院时，院长向我展示的由香里外出的假条。

外出的假条上记录着患者的姓名、外出时间及场所。"能看见港口的丘公园",丘公园这个独特的名字清晰地烙印在记忆里,所以今天我找到了这个公园。

如果关于由香里的记忆不是幻象,外出的假条也可能是伪造的,那么上面记录的地点就没有任何意义。然而,事实是,由香里的确在六天前被发现倒在横滨,所以这家位于横滨的"丘公园"就有了调查的价值。

往公园里面走,可以看到一个半圆观景台。有两对情侣在那儿欣赏风景。我站在围栏前,为眼前所见的美景而震撼。一望无际的海面和水平面尽头别致的海港风情遥相呼应,仿佛一部光影大片。

狭长的公园沿着海岸线延伸,两侧停着巨大的轮船,炫耀般地展示着雄姿。然而,让我吃惊的并不是这里的景色之美,而是这片风景我见过——实习的第二天下午,我来到由香里病房的时候,她在水彩画上描绘的风光此刻就展现在眼前。

当时我问她画的是哪里,她信口回答"欧洲吧"。其实那并不是欧洲的港口城市,而是这个观景台下尽收眼底的横滨风光。

她是照着照片画的吗？还是根据过去的记忆描绘的？又有什么必要故意掩饰呢？

我在旁边的圆椅上坐下，手放在嘴边陷入沉思。几十秒之后，我抬起头，突然想到由香里所谓的"欧洲街景"并不是只有一幅，她画了若干幅雅致的街景，难道描绘的都是周边的景致？我取出手机，察看周边的景点，果然有很多著名的西洋建筑和欧式庭园散布在这一带。

我站起身，把坐落在公园内的英国馆和山手111号馆走马观花地看了一遍，就离开了能欣赏海港风光的丘公园。沿岩崎博物馆右侧的小路往前走，到横滨外国人墓地那儿左转，穿过由西方建筑改造成的时尚的咖啡馆，再继续往前，眼前依次是景点导览上面标注的埃利斯宅邸、贝利克·霍尔小屋等欧式洋房。似曾相识的景色随处可见，都是由香里画中的风景。

走到石川町站旁边的著名景点"外交官之家"后，我稍微休息了一下，从原路返回。把地图上标注的景点大体走了一遍后，我打算做一次详细的调查，包括分岔的小路在内。

有一点是可以确定的，由香里的风景画描绘的景色大部分都在这一带。对她来说，这一带可能有特殊的意义吧。我不再看手机里的地图，而是信步往坡道多的地方走去。

头顶的太阳开始西斜的时候，我来到了一小片墓地旁。

白色围栏围起的墓地呈现出异国的风情，中央有一棵粗壮的大树，在枝叶的掩映下，矗立着许多带有十字架的墓碑。说是墓地，这里的氛围更像是一处庭园，坡道从此处往下延伸。我的内心波澜起伏，一口气跑下坡道，转身往回看。

平缓的上坡路、枝繁叶茂的绿树、左右两侧鳞次栉比的洋房，以及视野尽头的大树——由香里唯一的一幅油画，描绘的正是这里的景致。

我问她为什么单单将这处风景画成油画，她的回答是"因为这里有点特别"。

特别的地方……难道是……一个猜测涌进脑海，让我瞬间僵住了。恰好在这时，有一位牵着吉娃娃的老妇人从这里经过。我条件反射般开口："不好意思，请问……"

也许误认为我是推销员，穿着得体的老妇人面露警惕。

"失礼了，请问您是在这附近住吗？"

"是又怎样，有什么事吗？"老人生硬地回答。

"我想问您一下，大概六天前，这附近来过救护车吗？"

"救护车？啊啊，说起来……"

"来过对吗？"我下意识地往前探身。

老人一脸惊慌，吉娃娃亢奋地高声狂吠。

"啊，非常抱歉。实际上，我的……恋人是在附近晕倒后被送到医院的。我想知道她晕倒前在干什么，所以才来这儿向附近的人打听打听。"

为了博取老人的同情，我心虚地把由香里称作"恋人"。

"啊，那样啊。那后来她的情况怎么样了？"

"她已经离开人世了……"

老人"啊……"了一声，用手捂住了嘴巴。

"所以，如果您知道些什么的话，希望您能把当时的状况告诉我。"

"那真是太遗憾了。我就住在那边，在五六天前的傍晚，的确有救护车来到附近。听说是有人晕倒了。"

"那个晕倒的人是不是一位年轻的长发女子？"

我趁势追问，老人露出抱歉的神色，摇摇头。

"那时候我不在家，所以并不清楚具体情况，实在抱歉。"

"不不，没事。我这么突然地和您搭讪才是失礼。"

为了掩饰内心的失望，我低下了头。老人脚边的吉娃娃已经上蹿下跳，迫不及待地催促她继续散步了。

"再问问是不是有其他人知道当时的情形吧。别灰心啊。"

目送老人家走远，我深深地叹了口气。

我已经在这个坡道很多的地方徘徊了几个小时，腿像灌了铅一样沉重。我环顾四周，想找个地方小憩，发现旁边一所洋房的院门口挂着"Old Wood Café"的招牌，想进去喝杯茶，再顺便考虑一下后面的行动。于是，我伸手去推把小院与外边的人行道隔开来的小门。可是门没有开。仔细一看，上面贴着一张纸，写着"今日暂停营业"。

我沮丧地回过头，身子突然僵住了。数十米外的路边，停着一辆小轿车，车尾朝向我。那辆车似曾相识，似乎是上个月在叶山岬医院多次照面的银色小轿车。转念一想，也许碰巧是同一款车型，但再一看，它的车牌倾斜着，就像故意不让人看清数字一样。没错，正是那辆在叶山岬医院周边多次遇见的车。

引擎声低低响起，那辆车绝尘而去。我凝视着它，直到它消失不见。

"我被监视着。"由香里曾多次这样说。当时觉得她是多虑了，现在看来，她可能真的处在那辆车的监视中。三一二号病房的窗户朝向海岬，从医院前的省道上几乎看不见室内的情况，但还是可以判断房间内是否有人，至少确认进出医院的人不是什么难事。

正因为有人在医院前的路上监视着自己，由香里跟我一起外出的时候才总是特意选择花园里的小路，因为从正门出去很容易被发现。

但是现在，曾经监视着由香里的车正尾随着我。这样做的原因只有一个，那就是我探究由香里死亡真相的行为会妨碍他们的计划。叶山岬医院试图让我确信由香里的存在是幻象，此刻又派人监视我的行动。由香里死亡的背后肯定有什么恐怖的隐情在蠢蠢欲动，这个确凿的事实令我脊背发凉。

正在此时,腰间响起轻快的爵士乐。我取出手机,屏幕上显示着"箕轮(律师)"的字样。

"硷冰医生,您好。"

接通电话,箕轮律师的声音传过来。

"箕轮先生,您打电话来是有什么事吗?"

"昨天您询问的事我弄清楚了,所以跟您说一下。"

"我询问的事,难道……"

我双手握紧了电话。

"是的,我查到弓狩女士被送到哪家医院了。"

"初次见面,我叫硷冰,百忙之中多有打扰。"

我低头致意,身穿白大褂、体格健壮的男人挥挥手,说道:"不用客气。"

他的年龄大概四十岁,下巴上的胡子密密麻麻,一看就疏于打理,白大褂胸前的名牌上写着"脑神经外科 南部昌树"。

"不用那么客气。今天不是做手术的日子,还有点时间。好了,那就出发吧。"

在横滨山手一带转了个遍,第二天下午三点多,我来到了坐落在未来港的"未来港临海综合医院"。

七天前，由香里正是被送到了这家医院。

昨天从箕轮律师那儿得知这家医院的信息后，我本想直接去见主治医生，但一想急匆匆地赶过去恐怕不方便，所以想拜托谁事先预约一下。寻思着谁的人脉广熟人多的时候，脑海里浮现出一个人的脸。

那家伙也许能帮我的忙。于是，我毫不犹豫地打了电话。

"啊，苍马，这么主动地联系我，不像你的作风啊。进展怎么样？正在努力？你得了流感在家休养的事已经获得批准了，尽管放心吧。"

冴子用欢快的语调接听了电话，我向喋喋不休的她说明了情况。她边听边时不时地附和。

最开始，她并不愿意帮这个忙。

"怎么会卷入这么奇怪的事情里呢？万一大打出手怎么办？弄成重伤什么的，不就麻烦了吗？"

在我再三请求之下，她才答应帮我的忙。

"明白了，我想想办法，交给我吧"。

今天白天的时候，冴子便联系我，张口就说："搞定了。"

正是这样，我才得以跟这位南部医生见面。

"那个，南部医生，您认识冴子……不，榎本吗？"

我跟他并肩而行，随口问道。南部医生耸耸肩。

"我们并不认识。不过她在大学社团活动中负责策划比赛之类的，在别的大学也有很多熟人，我们科的一位年轻医生跟她很熟，这件事正是他委托给我的。"

医生的圈子很小，或者说冴子的人脉很广。无论如何，我由衷地感谢倾尽全力帮助我的冴子。说话间，我随着南部医生朝脑神经外科的门诊室走去。

"我们科只有上午有门诊，现在这会儿已经没人了。"

南部医生边说边打开电子病历。

"南部医生，您是七天前弓狩环女士的主治医生，对吧？"

我站在他身后问道。南部医生看着画面"嗯"了一声。

"您是脑神经外科的专家吧？冒昧地问一句，为什么是您负责弓狩女士的救治？正常情况下，不应该是急诊部门的医生进行治疗吗？"

"嗯，因为我曾是她的主治医生。"

"主治医生？"

"你可能不知道吧？弓狩女士在转到叶山岬医院

之前,曾在这家医院住院,接受过治疗,也是在这里被确诊患有胶质母细胞瘤。"

"啊,所以她才被送到这家医院来。"

"急救队察看她的钱包,发现有这家医院的挂号证,就把她送到这儿来了,然后联系了她住院时担任过主治医生的我,我在急诊部为她进行了治疗。"

"被送过来的时候,弓狩女士的状态怎么样?"

移动着鼠标的南部医生表情变得严肃起来。

"送到急诊室时,她已经处于心肺功能停止的状态。因为知道她是 DNR,所以没有做心肺复苏。不过,当时在急诊室看到她的时候,我吃了一惊,跟我熟悉的那个弓狩女士感觉很不一样,一瞬间差点以为是别人。"

从南部医生口中听到"别人"这个词的瞬间,我心跳加速。

"南部医生!"

我压低嗓音。

"会不会真的是别人呢?会不会在这所医院里死去的,并不是弓狩环女士?"

昨天,我离开叶山岬医院后一直在苦苦思索。院长,不,叶山岬医院的全体员工为什么要让我认定跟由香里在一起的记忆是幻象，从而返回广岛呢？按照一般的逻辑，由香里的死与他们的工作相关，难道是为了掩盖事实？然而，我又想到了另外一种可能。这种假设就像黑暗中的一丝光明，给我隐隐的希望。

有没有可能由香里仍然活着？她的死是伪造的？这样一来，她虽然会失去财产，却能从被亲戚谋害的恐惧中解脱。对于在大脑中埋着'炸弹'的她来说，在余下的时光里自由自在地生活，比拥有巨额的财产更有价值。叶山岬医院把患者的希望放在第一位，为了把由香里的希望变成现实，才伪造了她的死亡，这并不是没有可能。

尽管我明知道这种想法多么荒诞无稽，但同时又抱有一丝幻想——也许由香里还活着。

"送来的是别人？你说弓狩女士？"

南部医生诧异地反问，接着摇摇头。

"不会，不可能。"

"刚才不是您说的吗？被送过来的时候，您差点误以为弓狩女士是别人。没准真是长得很像的什么人呢。"

"我当了她好几个月的主治医生，无论怎么相似，都不可能把别人看成她。看，这就是证据。"

南部医生指着显示器。液晶屏上显示的是脑部CT图，靠近脑干的地方有一个变形的阴影。我熟悉那个形状。那就是在叶山岬医院看到的由香里病历里夹着的CT造影。

只是，这跟我在叶山岬医院的病历里看到的有一点明显的不同。像变形虫一样蚕食着大脑的肿瘤面积变大，中心部分是一片雪白。

"这是七天前弓狩女士的头部CT照片。你应该能看出来发生了什么吧？"

"肿瘤内部……出血。"

"对。肿瘤内部大量出血，压迫脑质，导致颅内压异常增高，造成脑疝。"

南部医生用鼠标指着CT图，逐一进行说明。

"脑疝过程中会引发什么症状，你知道吧？"

"脑干遭受压迫，导致功能丧失……然后生命活动停止。"

"是这样的。这些症状都在弓狩女士的身体里出现了。这张CT图中显示的肿瘤跟弓狩女士刚住院的时候拍摄的形状相同，所以被送过来的是弓狩女士本人，这是确凿无疑的。"

我呆呆地望着显示器。就算外表可以模仿，也不可能连脑中的肿瘤都一模一样。我心中缥缈的希望顿时支离破碎。我开始动摇，不得不面对这几天拼尽全力想否定的事实。

由香里真的已经死去了。深深的悲伤像夜晚的黑暗般蔓延开来，令我心如死灰。

我咬住嘴唇，弯下腰，双手捂在胸口沉默了数十秒。南部医生好像察觉到什么似的，并没有出声。我缓缓抬起头。

"医生，被送过来的弓狩女士身上没有什么疑点吗？"

"疑点？"

"例如头部外伤之类的。"

"你怀疑弓狩女士是被杀害的？"

我神色凝重，南部医生摸了摸长满胡子的下巴。

"正像刚才跟你说的，我曾是弓狩女士的主治医生。从刚到这儿住院开始，她似乎就害怕会遭受亲属的袭击，几乎不出病房半步。"

"那么，有被袭击的迹象之类的吗？"

"什么都没有。"

南部医生揉了揉后脖颈。

"我记得她之前有多么恐惧，所以认真给她做了检查。可是她身上并没有被加害的痕迹，最多不过是手和膝盖上的擦伤，可能是在意识不清的状态下爬来爬去造成的。头部没有一点外伤。可是反过来想想，在头部不出现一点外伤的情况下，有什么方法可以导致颅内肿瘤大出血呢？"

突然被反问，我一时语塞。

"而且呢，我姑且也报了警，做了尸检。结果警察判断为'不具备立案条件'，没有理会。"

南部医生把手放到我的肩膀上。

"作为脑神经外科专家，我可以说弓狩环女士的死亡没有任何疑点。夺走她性命的是脑肿瘤——胶质母细胞瘤。"

专家已经给出了明确的结论，我毫无反驳的余地，只能缄口不语。

"碓冰，弓狩女士在叶山岬医院过得幸福吗？"

他突然问了一句，我条件反射般反问了一句："幸福？"

"因为是我建议她转到叶山岬医院的。那家医院的安保措施比较完善，令人安心，又被自然风光环抱，有助于缓解压力。我想，对剩下时间不多的她来说，多少会有点意义吧。"

我的脑海里闪过由香里的笑颜，轻快地在沙滩上漫步时的笑颜。

"嗯，弓狩女士在那家医院里度过了幸福的时光……非常幸福。"

南部医生稍有些厚的嘴唇边浮现出淡淡的笑意。

我躺在床上，凝视着污渍斑驳的天花板。从南部医生那儿出来后，我回到新横滨的商务酒店，然后一直保持着这个姿势躺着。

由香里是因病去世的。既然如此，为什么叶山岬医院的医务人员要掩盖她一直住在三一二号病房的事实？而且那辆轿车为什么会尾随我？

理不出头绪，脑袋被热气笼罩，我把手放在头上，试图缓解焦躁的情绪。

到底是为什么，由香里要一个人去横滨呢？前不久，她才好不容易能跟我一起在医院附近走走。

想不通的地方太多，我无从着手。由香里被发现的地方和被送去救治的医院都调查过了，接下来该怎么办呢？一时间，我失去了方向。

我考虑要不要向警方告发叶山岬医院。院长他们篡改病历，诱导我认为与由香里在一起的记忆是臆想出来的。篡改病历违反医疗法，构成了犯罪，但我却无法拿出证据。

不知他们是如何做到的，竟然那么完美地改写了病历，就像我真的没给她做过检查一样。能够证明由香里曾住在三一二号病房的，是藏在地板底下的画。可是仅凭那些，却无法作为指控他们犯罪的证据。

突然间，有个疑问涌上心头。确认由香里的死是由脑肿瘤导致的之后，再继续调查下去究竟还有没有意义？

在此之前，推动着我调查的是由香里也许是被什么人谋财害命的猜想，以及她可能还活着的微弱希望。可是，跟南部医生交谈之后，由香里的死已然是确凿的事实。知道了这一点，再调查下去还有什么意义呢？

正想着这些的时候，枕边的手机响了起来，屏幕显示是四月即将入学的大学脑外科诊疗部门的学长打来的。

"你好，好久不见。"

按下接通键，我保持着躺在床上的姿势说道。

"嗨，碓冰，我听说你得了流感，退烧了吗？"

"啊，是的……托您的福。"

为了不暴露是在装病，我小心翼翼地回答。

"那周五的聚会能参加吧？我打电话是为了确认一下。"

"聚会？"

"喂，难道你忘了？教授就任十周年的纪念会。这可是门诊部全体人员都要参加的大事。"

我腾地从床上坐起来。对啊，本周五要在广岛市内的酒店举行聚会。脑袋里全是由香里的事，我把聚会忘得一干二净。

"你爬也要爬过来参加。席间我会把四月入学的人介绍给顾问和诊疗部门，尤其是你这种想进教授的治疗小组的新人。万一不参加，教授岂不是颜面扫地。"

我后背发凉。诊疗部门是以教授为顶点的金字塔结构。让教授没面子的话，别说进他的医疗组，连进门诊恐怕都费劲。那样的话，学生时代的一切努力就付诸东流了，简直可以说是自暴自弃。

"我当然明白。抱歉，让您费心了，那再联系。"

我赶紧把话圆回来，挂断了电话，心情无比沮丧。

"由香里……到底在横滨做了些什么?"

从我口中飘落的话仿佛在不经意间惊扰了空气里的尘埃。

我慢吞吞地从床上爬起来。也许狭窄的房间令人忧郁,刚好肚子也饿了,为了换换心情,我决定出去吃个晚饭。到了门口,我停住了脚步,门前的地板上有个棕色的东西。定睛一看,是一个牛皮纸信封。

刚才还没有这东西呢,大概是谁趁我不注意从门缝里塞进来的。我拾起信封,开门向走廊里张望,一个人影都没有。我警觉地打开信封,里面放着一张字条。取出来一看,上面写着"牧岛律师事务所牧岛次郎",字体棱角分明,后面是一个手机号码。

既然是律师事务所,那么这个叫牧岛次郎的人应该是位律师吧。我对这个名字完全没有印象。究竟是谁怀着什么目的,把这张字条送来的呢?真让人摸不着头脑。

是那些尾随我的人吗?可为什么给我的是律师的联系方式,而不是恐吓信之类的?

我目不转睛地盯着这张字条。尽管不知缘由,但交给我这东西的人意图很明显——应该是让我跟这个姓牧岛的人取得联系。

该不该打电话呢？犹豫了几分钟，我拿起手机，拨通字条上的号码。我明知这里面可能有圈套，但是已经走进死胡同，不冒险的话就没有出路了。

接通电话，铃声响了几次后，有人接听了。

"我是牧岛。"一个沙哑的男声传过来。

"嗯，我、我是碓冰。"

"碓冰先生？我的顾客里面应该没有叫这个名字的……"

"不，我不是您的顾客，该怎么说呢……"

"这是顾客专线。不是顾客的话，恕我不能接听。"

"是关于弓狩环女士的事！"

我察觉他似乎要挂断，赶紧报出由香里的名字，说不定会有转机。我隐隐有这种预感。

"你刚才是说弓狩环女士吗？"对方压低了嗓音。

"对，是的。想跟你谈谈她的事，能给我一点时间吗？"

"这种事不能在电话里说。这样吧，明天下午五点左右，我可以抽出一点时间，你到我的事务所来吧。"

牧岛律师单方面做了决定，把事务所的地址告诉了我。我用桌上的圆珠笔把地址记在牛皮纸信封上。他飞快地说完了地址，又说了一句"就在石川町站附近"，便不由分说地挂断了电话。

"石川町站……"

石川町站是离由香里晕倒的地方最近的车站。这家律师事务所也许正是由香里到横滨来的原因。我把视线投向牛皮纸信封里的字条。

到底是谁怀着什么目的，告诉我这个消息……这几天来，我仿佛被某个人玩弄于股掌之中。热带空气般黏腻的燥热笼罩着全身，让人极不舒适。

5

牧岛律师事务所设在离石川町站步行五分钟的一座杂居楼的二层。沿着微暗的楼梯上去，打开有"牧岛律师事务所"字样的磨砂玻璃门，一位脸色阴郁的中年女职员向我投来询问的目光。我告诉她已经预约过。

"好的，请在这里稍等一下。"

她把我带到会客室。我在皮革沙发上坐下，一边喝着女职员泡的薄荷绿茶一边环顾房间。会客室有六叠大小，四周都是直抵天花板的大书架，摆满了与法律相关的书。

敲门声传来，接着门开了，我慌忙从沙发上起身。进来的是一位身材矮小的老人，他穿着西装，满脸皱纹，白发苍苍。

"我是所长牧岛。"

自报家门之后，老人开始打量我。

"我是碓冰苍马。"

我向他点头致意，牧岛律师微微颔首，在对面落座。

"非常感谢您能抽时间见我。正像昨天在电话里说的，我想您可能认识弓狩环女士……"

我战战兢兢地开口了，牧岛律师沉默不语。

"是这样的，我是位医生，也是弓狩女士的负责医生，想对她的死亡真相进行调查，才特地造访……"

眼前的老人还是毫无反应。

"那个……您知道弓狩环女士吧？"

难道眼前的这位老人有听力障碍？我开始不安的时候，老人终于开口说话了。

"我们没有私人往来。而且，即便对方是我的委托人，我知道什么信息，也不能告诉您，因为我们有义务替客户保密。"

"不不，您只要告诉我弓狩女士是不是来过这儿……"

"关于客户的任何信息，我们都不能外泄，因为她是我的委托人……"

牧岛律师用石头般硬邦邦的语气说道。

"可是昨天，我说出弓狩女士名字的时候，不是您告诉我这个地址的吗？如果什么都不想说，您为何又叫我过来？"

我一脸困惑，牧岛律师却投来含着希求的眼神。我终于领会了老人的意图。

"您并不是想告诉我什么，而是想获取一些信息才叫我来的，对吗？"

牧岛律师仍然没有回答。可是，这沉默显然是肯定的答案。

"关于她，您想知道什么？"

"你知道的所有的事。"

"我所知道的，就是她上周在附近丢了性命。"

"那么就没什么可说的了，您请回吧。"

"当真没什么话可说吗？我曾经是弓狩女士的负责医生，这几天为了她的事四处奔走。如果您把想知道的事告诉我，说不定我可以提供相关的信息呢。"

我跟牧岛律师互相试探对方的心思。

从牧岛律师的态度来看，由香里确实是这家律师事务所的客户。晕倒那天，她很可能就是为了来这儿才到横滨来。可是，来律师事务所又会有什么事呢？突然间，我的脑海里浮现出一个词。

"遗嘱……"

我自言自语的瞬间，牧岛律师脸上浮现出惊讶的神色。他的反应让我确信自己的猜想是正确的。

"是遗嘱吗？弓狩女士来这家律师事务所，是为了立新的遗嘱吧？"

箕轮律师手中的遗嘱并不是最新版本，正因如此，上面才保留着留给我三千多万日元的条款。

"我已经说过很多次了，我绝不会泄露客户的信息。"

牧岛律师说着与刚才同样的话，但语气已经截然不同，透露出一种近乎期待的意味。

我微微抬起头观察着牧岛律师。这个人为什么叫我到这儿来？他对我有什么期望？一个大胆的假设在头脑中逐渐成形，我缓缓开口："先生您说不能泄露客户的信息，这个我理解，那么我问您几个其他的问题。这家律师事务所可以立正式的遗嘱吗？"

"当然可以。"

"是吗？那么，写好的遗嘱也是由这儿保管吗？"

"这要视顾客需求而定。有时候我们负责保管，有时候是客户带走自行保管。无论哪种情况，遗嘱都必须慎重保管。如果原件丢失的话，即便有复制的版本也视为无效。"

"如果客户带回去的遗嘱丢失了，遗产会怎么处置？"

"如果有旧的遗嘱，优先按照旧的执行。如果没有的话，就按照法律规定分配。"

"如果按照旧遗嘱分配完财产后，新的遗嘱又找到了呢？"

"当然以新遗嘱的内容优先，因为那一份最能代表故人的遗愿。"

牧岛律师从容地作答，言语间隐隐有种震慑力。我舔了舔嘴唇。

"牧岛先生，请允许我做一个假设。某位女性在这里立了新的遗嘱，一份记录着她的遗愿的遗嘱。因为希望自行保管，她把原件带走了。不幸的是，她刚出事务所就丢了性命，刚刚立好的遗嘱也不见了，那遗产就会按照她之前立的旧遗嘱进行分割。"

说到这里，我停了下来，凝视着牧岛律师的眼睛。

"如果是这样，您会试图找到您亲自看着她立好的最新的遗嘱吗？"

"下面说的只不过是假设。"

牧岛律师沉默了几秒后，首先强调了前提：

"我认为遗嘱代表的是人生最后的意愿，也代表着人性的尊严，如果弄丢了，是对故人的轻蔑，我绝不会坐视不理的，会竭尽全力找到新立的遗嘱。"

"这样的话，如果突然有个奇怪的人说，'关于那位女子，有些话想跟您面谈'，您至少会抽时间听一下吧？"

"……啊，是的。"

我站起身，对着面露苦笑的牧岛律师深深地鞠了一躬。

"如果找到那位假设中的女性的遗嘱，我会马上与您联系。耽误您宝贵的时间了，由衷地感谢您。"

我朝门口走去，在握住门把手的瞬间停下来，转过身。

"可以问最后一个问题吗？那位假设中的女性从这间事务所出去后，为什么会穿过石川町站朝山手方向去了，您知道吗？"

牧岛律师眉头紧锁。

"客户的信息不能外泄，况且我也不清楚。"

从牧岛律师事务所出来,夕阳已经西下。手表时针指向傍晚六点。我拿出手机,打开电子地图。

由香里来横滨是为了立新遗嘱,新遗嘱中恐怕有对继承遗产的亲戚不利的内容。正因为这样,她才独自一人来到这间律师事务所,而不是把律师叫到医院。那么她拿着刚立好的遗嘱,想去哪儿呢?昏倒的由香里是在山手的一角被发现的。如果要返回叶山岬医院的话,她应该在附近坐出租车去石川町站才对。但她反而经过石川町站朝山手去了,究竟是为什么呢?

我走在灯火通明的大街上,穿过住宅区,经过石川町站后,上坡朝山手方向走去。八天前,由香里走的也是这条路吗?那不知去向的遗嘱到底在哪儿呢?

昨天在未来港临海综合医院,我听到由香里的死亡并没有疑点的时候,瞬间失去了调查的方向。可是听了牧岛律师的一席话,我已经知道自己该做什么了——找到由香里所立的遗嘱,实现她的遗愿。这也是我唯一能为她做的事。

我边走边握紧了拳头,旋即又无力地松开手。留给我的时间不多了,后天,我必须乘新干线回新横滨,参加教授的聚会。

实际上,我能花在调查上的时间只剩下明天一天。区区一天内要解开事件的真相,找到丢失的遗嘱,到底有没有可能?

我停下脚步。面前是一片西式墓地,正中间有一棵大树,醒目地矗立着。

我俯视着从墓地延伸下去的平缓的下坡路,边走边想,不知不觉来到了想去的地方。由香里所画的,恐怕就是她迎来生命最后时刻的坡道。

我沿着路下坡。道路两侧的洋房从窗扇中透出柔和的光,隐约飘来诱人的香气。此刻,我突然听到身后传来脚步声。那脚步好像为了配合我的步调似的,刻意放慢了速度。

难道是被跟踪了?我一边留意着身后一边加快了脚步,而身后的脚步声也随之加快了节奏。我背上渗出冷汗,心跳加速。

我稍微放慢步调,身后的脚步声变大了一些。我们之间的距离在逐渐拉近。我突然停下,迅速转过身。

几米外站着一位身着西装的中年男子,那个人穿着一身略微发皱的西服套装,拿着发旧的手包,一副典型的为生计奔波的上班族打扮。

那男人没有停步,与我擦肩而过,头也不回地消失在路的尽头,仿佛只是一个在回家路上遇到的普通上班族。看看严阵以待的自己,我不禁自嘲地干笑了两声。这时,突然传来尖锐的犬吠声。道路对面的人行道上,一只吉娃娃正朝我摇尾巴。它旁边站着我曾经打听过消息的老妇人。老妇人牵着吉娃娃穿过车道,在我脚边把上蹿下跳的爱犬抱起来。

"你是之前那个人吧?"

"是,前两天承蒙您关照了。"

"说什么关照,也没帮上忙。因为觉得抱歉,我向附近的人打听了一下您恋人的事。"

"真的吗?您打听到什么事了吗?"

真是机缘巧合,我情不自禁地提高了声音。可是老妇人看着喜出望外的我,遗憾地摇了摇头。

"也没打听到什么有价值的内容。"

"无论是多不起眼的小事都行,请告诉我吧。"

"您的恋人好像是从那边的坡道上下来的。"

老妇人指了指坡上的墓地。

"附近有人看到她了,那时候她已经是脚下踉踉跄跄,眼神恍惚了。最开始还以为她喝醉了呢。"

我紧紧抿着嘴。那时候由香里脑内大概已经开始出血了。

"……她大概是什么时候开始表现出异常的,您问了吗?"

"没有。那个人只看到她跌跌撞撞地从坡上下来的样子。"

我想起在未来港临海综合医院看到的脑部 CT 图像。脑内出现那么大面积的出血,恐怕是一有症状,由香里马上就觉察到了——脑袋里的'炸弹'爆炸了。

随着出血量的增加,身体开始无法自由地活动,意识也逐渐模糊。从发病到意识消失,最长也只有几分钟。在这么宝贵的时间里,她究竟要去哪儿呢?

"之后她怎么样了?"

"就在这附近,她在坡道的正中间倒下了。当时看到的人吓坏了,赶紧跑过去,发现她的意识已经模糊,于是向围观的人求助,叫了救护车。"

"救护车来以前,她说过什么吗?"

"那个人忙着叫救护车,是请别人帮忙照看她的,他也不记得当时在场的人是谁了。"

"这样啊……"

我不由自主地肩头一沉,原来期待越多,失望就越多。

"没帮上什么忙，抱歉。"

"不不，没有。您特地来告诉我，非常感谢。"

我强打精神谢过老妇人，她抚摸着怀中吉娃娃的脑袋走远了。

还是毫无头绪，疲劳感随着血液流遍全身，长时间处于紧张状态的脑细胞已经疲惫不堪，暂且先回旅馆休息一下吧。

我朝石川町站的方向走去，双腿好像被套上枷锁一样沉重。

"确认过了，我们并没有看到遗书之类的，也谈不上保管了。"

"是吗？感谢您在百忙之中联系我。"

第二天午后，在山下公园的冰川号邮轮附近，我跟未来港临海综合医院的南部医生通了电话。昨晚回到酒店后，我与南部医生取得了联系，询问由香里被送到医院的时候有没有随身带着遗书之类。

晕倒那天，由香里是带着刚刚立好的遗嘱回去的。也就是说，颅内出血的时候，她随身带着那份遗嘱的可能性很大。我本以为应该是暂时保存在未来港临海综合医院那儿。然而，我的预想落空了。

"那么，关于另外一个问题……"

我压低了声音。昨夜我还拜托南部医生对另外一件事进行调查。

"啊啊，那个得稍等一会儿。当时负责的护士今天上夜班，现在还没来，问过她后我再联系你。"

"实在是给您添麻烦了，非常抱歉。"

"别客气，弓狩女士也曾经是我的患者。那么再联系。"

挂断电话后，我把手机贴在额头上，梳理着整件事：至少在未来港临海综合医院没有由香里的遗嘱，那么在被送到医院前，由香里已经把它放到什么地方保管起来了吗？

我从夹克口袋里拿出折成四折的A4纸，上面列着石川町和元町附近可以寄存贵重物品的保险柜的地址，是我今天一早在酒店附近的网吧查找后打印出来的。

说不定由香里从牧岛律师事务所出来后，去了出租保险柜的地方，把遗嘱保管起来了。想到这儿，我从一大早开始就按清单上的地址打听了一遍，可是所有的答复都是一样的——"不能透露客户的信息"。

我被拒之门外，一无所获。

视线落到手表上，指针指向下午两点左右。清单里还剩几个地方没有去过，剩下的时间是把这些地方全部调查一遍，还是……

迟疑了几秒钟之后，我把清单揉成一团扔进了身边的垃圾桶，朝山手的山丘望去。还是去那个坡道吧。脑袋里的"炸弹"爆炸之后，由香里并没有呼救，而是继续沿路往坡下走。她到底要去哪儿？弄清楚这一点，才是通往真相的唯一的路。

我拖着酸疼的腿来到了牧岛律师事务所附近，想像昨天一样，按着由香里走过的路线再走一遍。

昨天太阳已经下山了，我是一边思考一边低头走路的。今天阳光明媚，说不定会有什么新发现。我一边留心观察四周，一边朝坡道方向走去。有什么地方适合保管遗嘱吗？或者有什么东西会吸引由香里的注意？但事与愿违，我一无所获，时间就这么白白流走了。

几十米开外，那片西式墓地跃入眼帘。从那儿右转，便是由香里晕倒的坡道。从脑中的"炸弹"爆炸到她在路中央倒下，大概有几分钟的时间。也就是说,"炸弹"很可能就是在我目前所处的位置附近爆炸的。

即将走到生命尽头的时刻,由香里在想些什么呢?我伫立在墓地中央的树影中,用夹克的袖口擦了擦眼角。

从牧岛律师事务所到这儿的路上,我没有发现能妥善保管遗嘱的设施。如此说来,由香里在颅内出血发作时,难道随身携带着遗嘱?可是联系救治她的医院,也没有发现。那么,遗嘱也有可能被藏在附近什么地方吧。

我小心翼翼地观察着周围,时不时地蹲下,连路边的缝隙也不放过。路过的人投来异样的眼光,但我已经无暇在意这些,一心寻找写有由香里遗愿的文件。我沿着墓地前的拐弯往坡下走。石墙上的缝隙、路肩的排水沟、街道两边的树丛,能藏东西的位置我都一处处看过了,都没有发现由香里的遗嘱。

在坡道中央的位置,我停下脚步。按照牵吉娃娃的老妇人所说,由香里就是在附近倒下的,所以从这里再找下去也无济于事。

我抬眼朝坡顶的大树望去,心中不祥的预感开始膨胀和发酵。

由香里被送往未来港临海医院的时候，可能随身带着遗嘱。

遗嘱有可能在南部医生他们没有留意的情况下，作为遗留物品交给了叶山岬医院的医务人员。

由香里身亡的话，人们一定会跟她住院的叶山岬医院联系。遗留物品理应跟遗骸放在一起，遗嘱可能在这个过程中丢失了。

叶山岬医院与由香里的亲戚可能私底下有密切的联系。他们毁掉了写有对她的亲戚不利条款的遗嘱，并获取了高额的报酬。

如果是那样，遗嘱肯定早已被毁掉了，我已经无力回天。

我拼命地甩头，想把这种不祥的预感甩掉。目前的状况下，想这些也没有用，只能全力以赴追寻到底。

我重整旗鼓，正想上坡的时候，爵士乐的旋律在身边响起。我从口袋里取出手机一看，是南部医生的电话。

"你好，我是碓冰。"

"你问我的事搞清楚了。我知道是谁认领了弓狩女士的遗体和遗物。"

南部医生开门见山地说。这是昨晚我拜托他调查的另外一件事。

"果然是叶山岬医院的医务人员？"

"不，不是。"

"啊？为什么？弓狩女士在叶山岬医院住院，不是应该由他们派医务人员过来处理吗？"

"是这样的，在叶山岬医院知晓弓狩女士住院之前，急救部的护士已经跟她的紧急联系人取得了联系。"

"紧急联系人是……"

"是弓狩女士的远房亲戚。虽然他们根本没见过面，但紧急联络地址一栏要求填写亲戚的信息，所以就留了那家伙的电话。接到电话后，他很快来到医院领取了弓狩女士的遗物。"

我拿着电话的手无力地垂下来。遗物已经落到了她的法定遗产继承者手上。如果他发现了对自己不利的遗嘱，无疑会让它永远不见天日。我如此拼命地寻找也没有结果，是因为它早已不在这世上了……

我盯着沥青路面，手边有细小的声音传过来，好像是南部医生在说什么。我带着沉重的心情把手机贴近耳朵。

"碓冰，你还好吗？发生什么事了？"

"我没事……南部医生，如果可能的话，请您告诉我那位领取遗物的亲戚的姓名。"

即便是知道了，眼下我恐怕也束手无策。可是我仍然想知道一直以来让由香里深感恐惧，并践踏她遗愿的人到底是谁。

"啊，那个人啊……"

南部医生的语气里透出明显的嫌恶。

"弓狩女士住院期间，他来过很多次，说作为亲戚要了解病情。因为弓狩女士本人没有允许，我便把他赶走了。我感觉那家伙与其说是关心，更像是急于知道她什么时候离开人世。"

南部医生把他知道的都告诉了我。

"那个人的名字是……"

我顺水推舟地问道。

"箕轮，对，就是这个名字，说自己是律师。"

"箕……轮……"

我仿佛突然被链球击中了后脑。

箕轮？就是那位告知我由香里已经死亡的律师？！

"喂,怎么了?你不要紧吧?"

"啊……没事没事。医生,真是承蒙您关照了,帮了我大忙。"

我向他致谢后挂断了电话,一下子坐在了街道边的绿化带树荫底下。不这么做的话,我恐怕会当场倒下。

箕轮就是让由香里一直心怀恐惧的亲戚。那个男人之所以强烈建议我接受遗产,是因为他早已知道由香里在二月所立的遗嘱不是正式版本。只有我接受了馈赠,他才能顺利继承由香里的大部分遗产。

在未来港临海综合医院领取由香里的遗物后,箕轮在里面发现了新立的遗嘱,然后暗自处理掉了,所以我这几天的努力全是徒劳。

无能为力——无论是救治由香里、向她倾诉衷肠、陪伴在她身边,还是实现她的遗愿,我全都无能为力。

一种辛酸的无力感强烈地侵蚀着我的内心。我恨不得让自己就此消失。

我抱着膝头,像西瓜虫一样蜷缩成一团。忽然,有一股柔和的香气掠过鼻尖。

我猛地抬起头。

那股香气在柑橘的清爽中带着一点焦糖的甜味,令人怀念。

是错觉吗?我轻轻扬起下巴,抬起头,把感官神经全部集中到嗅觉上。香气比之前更浓郁了。我站起身,就像被光引诱的飞虫一样朝飘来香气的地方走去,来到了由雅致的洋房改装而成的咖啡馆门前,正是三天前暂停营业的那家店。

我穿过小小的庭院,来到了洋房前面,推开挂着"营业中"牌子的木门。这是一间布局紧凑的小店,有两张四人桌,吧台位置大概可以坐五个人。在似乎由整棵树干打磨成的吧台里,站着一位店主模样的男人。

"欢迎光临。"

店主看到我进店,脸上浮现出善意的微笑。他的年龄大约在三十过半的样子,又高又瘦,下巴上蓄着胡须。

"你好,我一个人……"

"好的,餐桌、吧台都可以,选您喜欢的位置就行。"

"多谢。"

我在吧台旁的椅子上落座,环视店内。墙壁好像是用原木堆砌起来的。里面有一个小暖炉,炉火摇曳。时不时传来木柴烧断的声音,令人心情愉悦。

靠近天花板的地方挂着一个小小的音响,有古典乐断断续续流淌出来,并不会打扰客人交谈。

吧台深处放着一个木质的架子,架子上面的墙上挂着一大块白布。

那是什么呢?我歪歪头,注意到店主默默地伫立在一旁。

"啊,不好意思,我还没点单。"

"没事,别介意。"店主面色柔和。

我慌忙接过菜单,忽然抬起头看着店主。

"那个,橘子味中有……怎么形容呢……好像是带一点甜甜的焦糖味的红茶,有吗?"

"啊,原创香草茶啊。那可是我们这儿最受欢迎的茶。"

"可以点那个吗?"

"好的,请稍等。"

店主从架子上取出茶叶,熟练地倒进水壶里。

"这种红茶用的是我们院子里种的香草。"

热水注入水壶的瞬间,令人怀念的香气将我笼罩住了——那是由香里每天沏的红茶的香气,和她一起度过的时光的香气。

"刚才我也给自己泡了一壶这种红茶。"

店主一边沏茶,一边自言自语。我心想,所以能从外面闻到香气。

店主把茶倒进杯子,放在了柜台上,说了声"请用"。我伸手取过茶杯,喝了一口那静静摇曳的金黄色液体。将茶水含在口中,脑海里闪过一幕幕关于由香里的记忆,我不禁心潮澎湃。

由香里每天给我喝的红茶是在这家店买的。发现这个事实的同时,谜团像缠绕的毛线球一样被一层一层解开了。

我又喝了一口红茶,把杯子放回去,对店主说道:

"我三天前在附近散步,但那时候店里没开门啊。"

"从上周二开始决定暂停营业。实际上我也是刚刚才开门。"

"休息了一个多星期呢。冒昧地问一下,是发生了什么事吗?"

店主欲言又止地望向天花板,喃喃自语。

"因为……要服丧。"

"有亲近的人去世了?"

店主慢慢地"嗯……"了一声，然后点点头。我再次拿起茶杯，说道："其实，我最近也有一位亲近的人去世了。"

"是家人吗？"店主柔声询问。

"不，是朋友。"

我停顿了一下。

"对她的情感，只是我的单相思。"

"想必很辛苦吧。"

"您失去的那位是……恋人吗？"

我忍耐着胸中的疼痛问道，店主将迷惘的视线投向虚空中。

"恋人……算是吗？我自己也不太清楚。最开始只是经常光顾的客人，一起聊很多话题，慢慢拉近了距离。我渐渐被她吸引了，她可能也……"

"既然是这样，为什么还不清楚是不是恋人？"

"以前我曾经向她告白，她答复说'请让我考虑一下'，之后就不到店里来了。我本以为再也见不到她了，对告白的事十分懊悔。"

"可是那位女子又出现了，是吗？"

我故意套他的话，店主轻轻点头。

"嗯，是啊。她给人的感觉跟以前很不一样，我有点吃惊。她于是把一切都告诉了我，说自己得了重病，在住院，而且剩的时间不多了，因而不知道该不该接受我的告白。"

"然后呢，后来怎么样了？"

"并没有怎么样。我只是想待在她身边，所以没有强求她的答复，关于生病的事也没多问。只要她到店里来，和她享受一起度过的时光就很幸福了。我本以为那样的日子会一直延续下去，然而却是奢望。"

"……太遗憾了。"

"嗯，不过，如果我一直消沉下去，她会不开心的，所以我又重新开门营业了。"

店主忽然揭开了蒙在架子上的白布。玻璃画框中的油画一点点呈现在面前，我不禁"啊"的一声惊呼。画上是这家咖啡店所在的坡道的风景，正是由香里说的"为非常重要的人"画的那幅油画。

"这是她送给我的礼物。我一看到这幅画就会想起她，觉得很痛苦，所以藏起来了。不过，也许像这样让更多的人看到，她才会欣慰。"

店主眯起眼睛，指着保护画面的玻璃框。

"画中的女子是她自己吗？"

我凝视着站在坡道中央的女子，她黑色的长发在风中凌乱地飘扬。

"嗯，当然。"

听到答复的瞬间，我把已经微微变凉的红茶一饮而尽。由香里为何要独自一人来到横滨的谜团终于解开了。她是为了来这家店，见见眼前这位店主。

上个月，在机缘巧合之下，我帮助由香里克服了对外出的恐惧。作为康复治疗，我陪她到医院周边的地方去了好几次，这个月她终于有勇气来到这家咖啡店了。所以上周她在牧岛律师事务所立完遗嘱后，就前往咖啡店，可是在途中便脑出血发作。

深知大限将至的由香里拼尽全力走下坡道，就是为了见店主一面。

"请问……"

我小声问道，出神地凝视着画面的店主仿佛被我的声音惊醒了。

"不好意思，我走神了。您要问什么？"

"您在那位女子离开人世的时候，和她见面了吗？"

"嗯。"

店主露出悲伤的微笑。

"她在弥留之际,拼尽全力来到我这儿,然后……在我的怀中停止了呼吸。"

"那个时候,她有没有说些什么?"

店主轻轻地叹了口气,闭上了眼睛。我沉默地等待着他的回答。十几秒后,店主缓缓睁开眼睛。

"有,只有一句话……就是'我爱你'。"

"是吗……"

由香里已经有了心爱的人,所以在我实习的最后一天,她察觉到我要告白的时候,才会抱紧我,不让我开口。她是为了不伤害我。

啊,这就是失恋的感觉吧。仿佛被利器刺穿心脏般的剧痛传来,我紧紧抓住胸口的衣领,忍耐着这种从未有过的疼痛。

然而转念一想,我又觉得欣慰。由香里是在她爱着的男人怀中逝去的,最后的时刻,她一定是幸福的。

"小环……"

店主仰起头,嘴唇颤抖,喃喃说出这个名字。

那是到最后一刻,由香里都没有允许我叫的名字。听到店主脱口而出的名字,我有一种微妙的嫉妒感,没有说话。店主面露尴尬。

"啊，不好意思，光顾着讲我的事情了。"

"不不，不打扰的话，我想再跟您聊一会儿，可以吗？"

"唉，当然了。"店主似乎由衷地感到喜悦。

我们交谈了几十分钟，回忆着那个叫弓狩环的女子的点点滴滴。

我向店主讲述了跟由香里一起度过的日子，尽量避免让他感觉自己"单相思的对象"就是她。他一直微笑着听我说。

墙上的鸽子钟发出了报时的铃声。已经是下午五点半光景了。两个人专注地聊着天，时间在不知不觉间像流水般过去。

差不多该告辞了。虽然没找到遗嘱，可是我爱着的女子最后是在她爱的人怀中离去的，知道了这一点，对我来说已经足够。

我从座位上起身的时候，店主突然嘀咕了一句。

"说起来，我有一件事没来得及问她。这是我心底的遗憾。"

"没来得及问的事？"

正要起身的我又坐回椅子上。

"是的。她说这个月初她买了一件东西，是非常重要的东西。于是我问她买了什么,但她并没有回答,只是说'等我整理好心情再告诉你,稍等一下啊'。"

店主怅然若失地望着角落里的吧椅。由香里以前一定常常坐在那儿,想必他们经常隔着吧台交谈。那是由香里的幸福时光,那个时候,她肯定切身体会着"活着"的愉悦。

"时间不早了,我先告辞了。一共多少钱?"

我从椅子上站起来。

"哦哦,不用付钱,光听我倾诉回忆了,真是不好意思。"

"这可不行。您也听我说了很多。"

我拿出钱包,店主微微扬起嘴角。

"可能的话,希望您再次光顾本店,到时候再好好地消费。"

"嗯,一定。那承蒙您的好意,多谢了。"

我微笑着朝门口走去,在握住门把手的瞬间回过头。

"总有一天,您一定会弄清楚弓狩环女士到底买了什么。"

"呃?我说过她的全名吗?"

"刚才听你说的。"

我搪塞过去,之后告别了迷惑不解的店主和他的咖啡店。

不知不觉间太阳已落下,夜幕悄然降临。我踏着院子里的石板走出大门,深深地吸了一口气,冰冷刺骨的空气充盈着整个肺部。

我爱着的女子在最后的时刻,是带着幸福的心情离开的。知道这一点,我就不虚此行了。

同时,我姗姗来迟的初恋也结束了。

"永别了,由香里……"

我自言自语道,接着收拾心情,重新沿坡而上。现在先回新横滨的酒店,明天白天搭新干线返回广岛。胸中的疼痛还没有消失,但时间一定会帮我治愈伤痛。未来的某一天,当我想起这段初恋的时候,只会记得它的美好。

我怅然若失地爬上坡顶,在那儿驻足。墓地中央威风凛凛的大树今天格外惹眼,枝丫上含苞待放的淡红色花蕾吸引了我的目光。

"原来是樱花啊。"

这几天我心无旁骛,根本没有留意到自然界中的这些变化。这棵大树在花蕾绽放的时节,一定会变成一道美丽的风景吧。我想象着这样的光景,内心一隅隐隐作痛，不禁按住太阳穴。实习的最后一天，由香里正在画的那幅画浮现在脑海中。

那是烂漫的樱树下，年轻男女发誓永远相爱的画面。那幅画里画的樱树应该就是以这棵大树为原型吧，那么……

我朝墓地跑去，翻越栏杆，沿着墓碑间的小路走到樱树底下。看到树下的情形，我不禁"啊"的一声惊呼。

嵌入地面的纯白色大理石做成的十字形墓碑依樱树而建，碑上刻着"Tamaki Yugari"的字样。

由香里买的宝贵的东西，就是这块墓地。我回头望去，咖啡店近在咫尺。咖啡馆里有她心爱的人，由香里肯定想长眠在樱树下，这样就能永远守望着所爱的人了。

我跪在大理石墓碑前，抚摸着刻在上面的名字。这时我留意到，跟前面的十字架相比，墓碑好像略微往一侧倾斜。

难道……我把手伸进墓碑底部，用力一掀。比预想得要简单，我轻易地移开了它，底下的洞穴露了出来。这原本是存放骨灰的空间，里面放着一个信封。我伸出颤抖的手拿起信封，在瞬间的眩晕消失后，取出信封里面的纸。看到"遗嘱"这特征鲜明的圆润的字体的一瞬间，我咬紧牙关，拼命抑制住呜咽声。

一直在苦苦寻找的由香里的遗嘱、她的遗愿，此刻就在我的手中。第一次阅读由香里的文字，我仿佛要把每行字都吞噬进身体里。里面主要写了两件事，一个是财产全部捐给慈善机构，另一个就是希望把自己的骨灰埋在樱树下的这个墓穴里。

我一口气读完遗嘱，把它放回信封，揣进夹克的口袋里。

我原以为由香里是在往咖啡店走的途中突发脑出血的，其实真相并非如此。

恐怕她在去咖啡店之前来到了这座墓前，那时候"炸弹"正好爆炸了。她觉察到自己的身体出了问题，在慌忙之中把遗嘱藏到了墓里。因为她很快就意识到，救护车一定会把她送到未来港临海综合医院，如果在那儿殒命的话，医院就会与箕轮取得联系。

把遗嘱藏到安全的地方后，由香里努力维持着越来越模糊的意识，拖着已经无法自由支配的脚步走下坡道，去见心爱的人一面。

我隔着外套抚摸着口袋里的遗嘱，心脏的鼓动传递到掌心，由香里的遗愿仿佛带上了生命的气息。

我得马上把这封遗书送到牧岛律师事务所去。这样牧岛律师就可以实现由香里的遗愿了。我取出电话，找到牧岛律师事务所的号码。

此时，背后突然传来拍手的声音。我条件反射般地转身，看到眼前的景象，不禁吃了一惊。不知什么时候，那里站了三个男人，而且这三个人我全都见过。

一个是体格健壮的年轻男子，染成棕色的短发根根竖立，身上散发着戾气。他就是上个月初在叶山岬医院前面公路上的小轿车里用相机拍照的那位。他旁边站着一位颓废的打工族模样的中年男人，是昨天我在附近调查时从身后靠近我，擦肩而过的那位。看来，我果然是被尾随了。我瞥了一眼在他们二人前面拍手鼓掌的人。

理应最有机会继承由香里遗产的人——箕轮章太，此刻就在眼前。

"哎呀，真精彩。没想到你真的把遗嘱找到了，真想让后面两位向你学习学习。"

箕轮满面笑容。我趁他没注意悄悄地打开了手机上的录音软件。

"你们一直在监视我吗?"

开始录音后,我把手机放进口袋。

"啊,当然了。你联系我,说你正在调查那个女人的死因。你曾是弓狩环的主治医生,我想说不定关于遗嘱,你会知道点什么。于是我就把牧岛律师事务所的联系方式告诉了你。"

"是你们往我酒店房间塞的字条?"

"我想你可能会告诉牧岛什么信息。那个男人帮她立了新的遗嘱,正等着谁联系他进行遗产分配呢。真是个难缠的家伙!"

"你好像欠了不少债吧?"

"投资失败了。不过那点债务跟那个女人的遗产比起来,简直微不足道。"

听到我的揶揄,箕轮的表情不自然地扭曲着。

"那么,为什么还要让我找到新的遗嘱?"

我的眉头拧成了川字,箕轮长长地呼出一口气。

"还真是的……没想到那女人居然躲过了监视外出,还立了新的遗嘱。明明我已经答应她,把遗产给我,就不会把她怎么样。而且上个月月初,连立遗嘱写明分给你三千多万,我也同意了。"

"你果真监视着叶山岬医院的情形？"

"那是当然。你知道那女人有多少遗产吗？为了慎重起见，我派人二十四小时监视着进出那家医院的人，看她会不会外出，会不会找律师改写遗嘱之类。为了那女人的遗产，我可是会不择手段的……无论是多么卑鄙的手段！"

我刚到叶山岬医院实习的时候，就被小轿车里的人偷拍了。看来那是为了确认我是不是被叫上门的律师。

"那么，在得知自己患有脑肿瘤前，由香里遭遇的事故……"

我压低声音，箕轮的嘴角狠狠地歪向一边。

"因过失致死的情况下，如果由优秀的律师来打官司，刑期很可能会延缓执行。"

而且，拿到遗产的人私下会支付给犯人一大笔钱。原来是这么回事。愤怒和厌恶的情绪在心中交杂，让我有种恶心的感觉。

"啊，别误会。现在说的可都是假设的情况。况且我已经知道，那女人是脑肿瘤晚期，那种'假设'就不成立了……她也只能躲在医院里。"

箕轮的声音里带上了危险的色彩。

"在二十四小时的监控下,居然还让她外出了,监视的人还真愚蠢。"

在我的嘲讽下,箕轮身后的年轻男人面露尴尬。

"没办法,谁也不知道她会用那种方式……"

他们可能是想到了那条小路。我心头一惊。

"闭嘴!"

箕轮向身后的人大喝一声。

"所以牧岛联系我说有新遗嘱的时候,我的心跳几乎都要停止了。不过,新的遗嘱去向不明,所以我打算赶紧拿着手头的遗嘱把手续办完,于是千里迢迢去广岛见你。然后你就去了神奈川,到那女人去世的医院调查。为了慎重起见,我一直派人监视着你。"

"担心我可能会找到新的遗嘱,所以监视我,这个可以理解,但是你为什么还要协助我呢?"

这一点让我百思不得其解。

"你我的目的是一样的,这不是明摆着的事儿吗?"

箕轮摊开双手。

"上个月,那女人说要重立一份遗嘱,把三千万日元赠予你的时候,我就委托征信所对你做了调查。你不仅被父亲遗弃,还有数额巨大的债务。医院对你的评价是严于律己,但对金钱有很强的执念,对他人十分冷漠,也就是个……拜金者。"

原来,上个月去医院搜集我信息的怪人就是箕轮雇的侦探。我继续保持沉默,听他说下去。

"你见了我之后,就马上赶往神奈川做什么调查去了。我很快就明白你想干什么了。作为那女人以前的主治医生,你一定听说有新的遗嘱存在。如果被人发现的话,自己继承的那三千多万也就落空了,所以希望趁其他人发现之前,尽快让它葬身黑暗。"

箕轮脸上浮现出狠戾的微笑,把右手伸了过来。

"咱们目标一致。快,把遗嘱给我。那样的话,我仍然可以给你三千万。咱们俩皆大欢喜!"

我用冷冰冰的目光注视着箕轮。他的笑容里甚至带着谄媚的意味。

"果然,你是个谈判高手啊,不满足于三千万了?好吧,算你的活儿干得漂亮。我拿到遗产之后,再给你五千万,不,再给你一个亿怎么样?没问题的,我是律师,背后有丰富的人脉。肯定能把钱毫无破绽地交给你。一共到手一亿三千万,足够了吧?"

"一亿三千零六十八万日元吗……"

我情不自禁地苦笑。不知是不是会错了意,箕轮的脸色稍稍缓和下来。

我曾经是个不折不扣的拜金者。此时有超过一个亿的金钱摆在我面前,然而,我却感觉不到一丁点儿的兴奋或是动摇。我真的变了,当然,是朝着自己喜欢的方向改变的。而那位改变我的恩人的遗愿就揣在我胸前的口袋里。

我把左手放在胸前,对箕轮怒目而视。

"那么点钱就想让我把由香里的遗愿交出去?门儿都没有!赶紧从我面前消失!"

我的怒喝让箕轮身子一震。在这种时候,比起普通话,广岛方言更合适,更具有震慑力。

我哼了一声。箕轮大惊失色,脸上的表情好像潮水退去一样,瞬间消失了。

"怎么?不打算把东西给我?"

"所以呢?"

我像挑衅似的回答。箕轮朝身后的两人使了个眼色。两人慢慢地站到了箕轮前面,眼里流露出危险的光芒。

"要来抢了吗?"

我慢慢往后退。

"你打算冲进警察局,把手机里的录音给他们听吗?"

箕轮用毫无起伏的语气说道，我一时语塞，他哼了一声。

"我早就察觉了。不过呢，那么做也没有意义。你只要乖乖把遗嘱交出来，我就不为难你。我可以绑架你，把你干干净净处理掉，有很多种方法让你把东西交出来。我说过，我背后的人脉可是丰富得很。你连尸体都不会被发现，就从人间蒸发了。"

"那种事根本不可能。"

"什么事都有可能。只要给钱！"

两个男人呈夹击之势朝我围拢，我不断往后退，后背触到了樱树的树干。

"搞不好还要打架，弄成重伤可就麻烦了。"

冴子的忠告犹在耳畔。她的担忧难道要成真了吗？

"上！"

箕轮发号施令的瞬间，那两个人同时朝我袭来。

这下就没办法了，正好好久没施展了……我抬起右腿朝伸开双手扑过来的年轻男子的胸口踹去。也许是没有预料到我会出击，他毫无招架之势。我仿佛直接踹中了他的内脏，那种触感透过鞋子传到我的足尖。

男人保持着被袭的姿势重重倒在了树根底下,两手捂住腹部,疼得满地打滚。看到搭档遭受了沉重的一击,中年男子停下脚步,把手伸进西装里面。

我大步靠近这个男人,不假思索地使出一个上段前回踢。被踢中头部的男人像断了线的木偶一样瘫软下去。有什么东西从他手中掉了出来。我一看,是一把折叠式匕首。

我迅速捡起匕首,装进口袋。这是个危险的家伙,跟那副颓废的打工族模样截然相反,幸好能这么干净利落地把他撂倒。

"那么……"

我隔着衣服摸了摸那把坚硬的匕首,转向箕轮。目瞪口呆的箕轮浑身颤抖。

"被好友叮嘱了又叮嘱,说好不打架的,因为可能把对方打成重伤。啊,对了,说起刚才的录音,那可不是为了进警察局用的!"

我嘴角上扬。

"现在这种情况,我总得证明自己是正当防卫吧。"

"为、为什么……"

箕轮像缺氧的金鱼一样,嘴巴一张一合。

"到我研修的医院调查过了,是吧?遗憾啊,怎么没到我毕业的大学多搞些情报呢。我在学生时代一直是空手道社团的主力!"

我握紧右拳靠近箕轮。箕轮张着嘴,也许是舌头僵硬了吧,一句话也没说出来。

我将来的目标是脑外科医生,并不想用这双手打打杀杀。尤其是打脸,往往会弄伤自己的手,所以刚才只用脚招呼那两人。可是……

"只有你,不揍一顿难平我心头之恨!"

箕轮一脸似哭非哭的表情,我朝着他的脸,狠狠地抡起了早已攥紧的拳头。

拳头打在脑袋上的触感,给我带来了无可比拟的快感。

6

"……对,就是这种感觉。"

第二天午后,我在新横滨车站,把还没用习惯的新手机放在耳畔。

"发生了这么多事,感觉挺曲折的。"

听完事情的经过,冴子惊讶的声音从那头传来。

昨夜,把箕轮他们三个打趴下之后,我联系了警察和牧岛律师事务所。警察很快从附近的警察署赶过来,几分钟后,气喘吁吁的牧岛律师也出现在墓地。

我先把遗嘱交给牧岛律师,之后给陆陆续续赶到的警察听了手机里面的录音,一并说明了原委。可是,中途恢复意识的箕轮突然指着我,说"这个人对我施暴",事态一度陷入混乱。我和箕轮他们被带到了附近的警察署陈述事情经过。我整个晚上都在接受警察严厉的审讯,但因为有录音,我的说法更有说服力,最后并没有被刑拘。

到了早上,我终于被释放了。牧岛律师在外面等我。听他说,箕轮三人以胁迫我和伤害未遂的罪名被逮捕。他们还涉嫌杀人未遂,日后是不是罪加一等就看检察官的判断了,但被判有罪是确定无疑的。

在我被带走后,牧岛律师亲自到警察署向刑警提供了各种信息。他还得意地跟我说"我也参与过刑事案件的辩护,在刑警那儿还是有点面子的"。可能正是因为他的证词,我才没有被刑拘。

我的手机作为证物交给了警察,多亏牧岛律师事务所的人开车带我到卖手机的店,同行的工作人员办好手续,帮我准备了一部代用的手机。不仅如此,得知我今天必须赶回广岛的时候,他们甚至连新干线的车票都替我买好了。

找到了遗嘱,就能帮由香里实现遗愿,牧岛律师一定也很开心。我们在行驶的车里聊了聊。由香里的遗嘱作为证物被暂时保存在警察署,但她的遗愿一定能够实现。我希望能尽早把她的遗产捐赠给指定的慈善机构，把她的遗骨移到樱树底下的墓地里。

在那么美的地方，由香里可以永远守望着心爱的人和他的咖啡店了吧。一想到能帮上她这个忙，我的嘴角情不自禁地漾出了微笑。

"暂且算是告一段落了吧？"

沉浸在回味中的我被冴子的声音唤醒。

"暂且……对啊，估计还要被警察传唤，在法庭上提供证词之类的，还要往神奈川跑几趟吧。"

"我说的不是这个，你的心情整理好了吗？"

我把手放在胸前。得知由香里死讯的时候，胸中好像瞬间被掏空了一样，一片虚无。然而此时此刻，那里洋溢着一股暖意。

"嗯，已经没问题了。"

"那就赶快回来吧，让我摸摸你的头。"

"马上。预定的新干线马上要来了。听好了啊，他们给我买的是绿色车厢[1]。可是绿色车厢啊！"

"没必要这么兴奋吧。你啊，还是那副穷酸相。"

"你管不着吧。啊，得去站台了。不好意思，突

---

[1] 绿色车厢：相当于国内的商务车厢，设备比普通车厢豪华。

然打电话给你，打扰你工作了。"

我起身离开候车室。

"说是在工作，其实今天一点事都没有，闲得很。可能是因为我们这儿的精神科没有住院床位吧。太舒服了，一想到下个月就要开始后期研修，我都有点担心适应不了。"

"内科可是忙得不得了。"

冴子四月开始专攻内科，去大学医院进行专业研修。

"跟你去的脑外科相比，完全不是一个量级。你还千方百计地进了闻名世界的教授的小组，不拼不行啊！"

"我知道啊，所以才这么着急地出席聚会……哎？不是这儿吗？"

"嗯？怎么？"

"没事，我搞不清该去哪个站台。"

"什么啊？跟小孩子似的。导览图上不是写着吗？"

"哎呀，导览太多了，反而混乱了……"

"问问站台工作人员嘛。"

"啊，知道了，是这儿。"

终于找到要上车的站台,我站上了扶梯。

"连电车站台都找不到的男人,居然找到了去向不明的遗嘱!"

"烦不烦啊?不关你的事吧。"

冴子嘻嘻地窃笑。

"找到遗嘱的时候开心吧?"

"……嗯,开心。"

我想起了阅读遗嘱时从字里行间体味到的感动。那略微有些圆润的字体掠过脑海,忽然有种轻微的别扭之感,我用手扶着额头。

这种感觉是什么?想深究原因,却没有想到什么具体的情节。我来到了站台上。

"怎么了?突然不说话了……"

"没,没什么。突然想到一点事情。"

"想到什么了?不是全解决了吗?"

"嗯……大概吧。"

事情的确应该已经告一段落了。不过,我心中仍然留有一个疑问。叶山岬医院的医护工作者为什么要让我以为,我关于由香里的记忆都是幻象呢?

"开往广岛方向的——三号列车,马上就要……"

新干线列车进站的提示从广播中传出。就这样上车的话，整件事就告终了。我马上会回到广岛，从下个月开始脑外科医生艰苦的研修生活，而关于由香里的美丽回忆会深深地埋藏在心底。

可是，整件事真的告一段落了吗？

莫名的不安萦绕在心头。我感觉好像漏掉了很重要的环节。

在墓地找到的遗嘱、咖啡馆里装饰的画、病房的书架上收藏的画集和相册……这些情形不停地在脑海里回放。病房、图书馆、海边咖啡馆……关于跟由香里一起走过的地方的记忆复苏了，充斥着整个大脑。我抱住头，闭上了眼睛。

忽然，眼前闪过病历上的照片。大脑仿佛被重重敲击了一下，疼痛向全身袭来。

"啊！"

我大叫一声，同时新干线进站了。

"苍马，怎么了？你没事吧？"

听到冴子的声音，我动作迟缓地把手机放到耳边。

"冴子……"

"我在呢，怎么了？突然听到你大喊一声，有点担心。"

"听着，冴子，如果我放弃参加脑外科……教授的小组，你会怎么想？"

我望着眼前慢慢减速的新干线列车。

"你在说什么？你不是为了进入教授的小组，才一直拼命地努力吗？"

"嗯，是的。为了这个，我付出了很大的努力。如果不参加今天的聚会，那些努力就会变成肥皂泡吧。"

"不会吧，你真打算不参加聚会？"

面对冴子的质疑，我沉默不语。新干线已经停下，车门打开了。

"如果在教授的组里研修，就相当于踏上了精英之路。将来别说是全日本的医院，即便是海外的医院也会敞开怀抱邀请你，不是吗？"

"嗯，是的……把这样的未来弃之不顾，真是笨蛋啊。"

"嗯嗯，笨蛋，大笨蛋。"

冴子不假思索地回答，我咬住嘴唇。我到底在期待什么呢？期待背后有人推我一把，还是期待得到谁的认同？

"话虽如此……"

正当我想把电话从耳边拿开的时候，冴子的声音再次传来。

"人生中做一次笨蛋做的事也未尝不可。你太较真儿了,一直在勉强自己,但是也该醒了吧。你可以选择更自由的生活。"

"更自由的……"

在自言自语的我面前,乘客们纷纷往车上走去。接着,宣告发车的铃声响起。

"有重要的事,对吧?甚至连金光闪闪的未来都可以放弃。如果那是你的选择,就别犹豫了,按照自己的心意去做,为了将来不留下遗憾!"

"冴子……谢谢你。"

"等你回来了,我会一边吃一边听你讲述来龙去脉的。当然是你请客。"

"嗯,知道啦。"

"加油啊!"

我再一次由衷地说了声"谢谢",挂断了电话,转身往回走。

车门关闭的声音在背后响起,我迈出了脚步。

到叶山岬医院的时候,夕阳已经西下。我走进医院内,前台的女职员张大了嘴巴。

"你好，打扰了。"

我看了她一眼，径直进入医院。我用余光看到那位职员慌张地拿起内线电话。中央庭院在落地窗外铺展开来，我沿着一侧的走廊往楼梯走去，看到护士长跑下了楼。

"碓冰医生，你来医院有何贵干？"

护士长气喘吁吁地站在我面前。

"有何贵干？你们应该比我更清楚吧。请让我过去。"

"不行。你已经不是医院的工作人员了，不能擅自入内。"

"您认为您一直以来坚信的东西是对的吗？"

我低声说道。夕阳透过玻璃照在护士长脸上，她脸上掠过一丝踌躇。

"我要进去了。请不要阻拦我。"

我从护士长身边走过，她一动不动。我沿着楼梯来到地下，昏暗的走廊里只有指示灯亮着，我走到尽头，进入病历保管室，摸索着按下电灯开关，荧光灯瞬间亮起，惨白的光充满整个房间。习惯了黑暗的眼睛条件反射般眯起来，我开始在收纳着无数病历的架子间穿行。

终于来到房间最里面的一排，我搜索着目标，很快就找到了。

我紧张得喘不过气，拿出那本病历表，用颤抖的手指翻开封面。第一页便是记录着患者入院信息的一号纸。翻开的一瞬间，我不禁叹了口气。

果然如此……所有的谜团到这一刻全部解开了。

"由香里……"

正当我低声重复着心爱女子的名字的时候，响起了开门声。我回头一看，身穿白大褂的院长进了房间，接着传来咔嗒咔嗒的脚步声，他在我面前停住了。

"护士长跟我联系了。"

他脸上一如既往地没有表情，视线落在我手中的病历上。

"看了这个，也就知道真相了吧。"

"嗯，都明白了，明白你们这些人到底干了些什么。"

"……"

"你们为什么要这么做？！"

"尽最大可能实现患者的愿望，是这家医院的宗旨。"

"所以,你们竟然能做到这种地步!我差点以为由香里是真的病故了,非但如此……"

由于情绪过于激动,我的舌头仿佛打了结。院长在我面前深深地叹了口气。

"你能觉察到,老实说我也松了一口气。我自己也不知道这样做到底对不对。"

"院长,你的所作所为明显是犯罪,如果被告发,问题就大了。"

"我有心理准备。"

"你听好了,我有两个要求,如果你答应,我就当这事没发生过,怎么样?"

院长挑了挑眉毛,低声回答:"你不妨说来听一听。"

"首先,告诉我整件事的主谋,就是让'由香里'从我面前消失的人,他在哪儿?"

院长的脸上掠过一丝犹豫。

"明白了,我告诉你。另外一个要求呢?"

"另外一个是……"

我凝视着院长的眼睛,说出了第二个要求。

次日,我乘坐电车辗转来到了长野县的一座小城。此次事件的谋划者就住在这里。让名叫"弓狩环"的女子从我面前永远消失的人,就藏身此处。

我走出车站大厅,望着远处的小山丘深深地呼吸,拼命压抑着激动的情绪。这时候,一只黑猫突然从面前一蹿而过,在身旁的长椅上开始梳理自己的毛。

"坏兆头啊。"

我苦笑着把手放到胸前,内袋里的物件的坚硬触感传到掌心。

梳洗完毕的猫正襟危坐,"喵"地叫了一声,好像在催促我赶快离开它的地盘。

我知道了,马上出发。我唇角上扬,开始朝前飞奔起来。

我沿着行人稀少的道路,径直朝对面的山丘跑去。身体开始发出抵抗的声音,但我丝毫没有放慢脚步。

大概跑了十五分钟,我穿过了住宅区,进入陡峭的山路。可能是没什么人徒步上山,人行道并没有修整,道路两侧被郁郁葱葱的树林覆盖。

肺部感到丝丝疼痛,腿像灌了铅一样沉重,还因为缺氧而头晕。然而,我无视身体发出的一切警报,继续奔跑,哪怕提早一分钟、一秒钟抵达目的地也好。

不知跑了多久,视线开始变得模糊,我只是无意识地支配着双脚向前跑。这时候,两侧的树木开始消失,视野开阔起来。

终于到了。紧张的弦随之绷断,我跌倒在地,双手撑地,一边看着自己滴落的汗珠一边贪婪地呼吸着氧气,几乎要昏死过去。

几十秒后,呼吸总算稳定下来,我抬起头,眼前矗立着一扇大门,里面是一座三层高的威风凛凛的西式建筑。支撑门扉的柱子上刻着"丘上医院"。我一直追寻的那个人就藏在这座医院里。

我拖着僵硬如铁的身体,勉强站起来,推门而入。一条小路通到洋楼门口,左手边的停车场上停着几辆车,右边是一片草坪。

这座洋楼好像就是医院吧?姑且先去打听一下。刚想到这儿,突然听到"汪"的一声狂叫。我大吃一惊,回身看去,不知什么时候,一只大狗站到了脚边,金黄色的皮毛覆盖全身,好像是金毛一类的犬种。

是医院养的吗?那只金毛虎视眈眈地盯着迷惑

不解的我。我几乎要在它那种洞悉一切的眼神中败下阵来，这时，这只狗再次大叫一声，好像在说"跟我来"似的，扭头便跑。我犹豫了一下便紧随其后。它轻快地越过草坪，从洋楼的一侧绕到后面去了。

我看着眼前摇摇摆摆的金色尾巴，情不自禁地轻轻摇头：我干吗跟在一只狗的后面，还不如趁早找到医院的工作人员，向他们打听一下。

我正想折返的时候，从容奔跑的狗突然停下来，又"汪"地叫了一声，我缓慢地抬起头。

医院后面是一座庭园。花圃里五彩缤纷的花儿竞相开放，宛若一片花田。中央被草坪覆盖的地方略微凸起，像一座小山丘。山丘的顶点是一棵悠然伫立的巨大樱树，不亚于墓地中央那棵。它粗壮的枝丫被盛开的樱花覆盖着，艳丽得令人眼花缭乱。

像完成了使命似的，狗儿垂下尾巴走开了。我却一动不动地凝视着站在樱树底下的人。而后，我沿着花圃间的小路往那儿走去。心情虽然急切，经过漫长奔跑的脚却不听使唤，几次险些摔倒。我跟跟跄跄地来到小山丘下往上走，樱树底下的人始终背对着我。

我一步一步地向着那个背影靠近。

突然，一阵强风吹过。落下的樱花翩翩飞舞，将我和那个人温柔地环抱起来。坐在折叠椅上面朝画布的她，按住了被风吹乱的黑发。此情此景与我们初见那天一模一样。

也许是有所察觉，她忽地回过头，稍显倦怠的双眼突然睁大了。

我抑制住颤抖，从喉咙深处挤出声音。

"好久不见了……由香里小姐。"

我顿了一下，深深地吸了口气，继而喊出了她的名字——心爱之人真实的姓名。

"朝雾由香里。"

7

"怎……怎么……"

面对瞠目结舌的由香里,我想微笑一下,然而胸中汹涌澎湃的感情让我脸上的肌肉一动也不能动。

"毫无疑问,当然是为了见到你啊。"

我直视着由香里的眼眸。

"从一开始,我就被你骗了。"

也许把这句话理解成了责问,由香里的表情有点不知所措。

"我都知道了。这也没办法,为了帮助真正的'弓狩环女士'。"

"怎么会……明明已经让知道这件事的人别说出去了。"

由香里咬住了嘴唇。她的嘴唇跟飘落的樱花是一样的颜色。

"叶山岬医院的人到最后也没说出来。他们曾试图让我认定你是个幻象,可是我找到了小环的遗嘱。"

"你找到了小环的遗嘱?"

由香里本来有些僵硬的脸上忽然闪现出光芒。

"嗯,她常去的咖啡店所在的坡道上有一块墓地,她在那儿给自己买了一个墓穴,希望死后能在那里长眠。遗嘱就藏在墓穴里。"

"是吗?让碓冰医生给找到了……谢谢!"

由香里擦了擦眼角。

"那份遗嘱的字稍微有点与众不同。我问了律师,得到的答复是遗嘱原则上得由本人亲笔书写。那时候我突然想到,啊,原来由香里写的字是这样的。"

听到我的话,由香里紧抿着嘴唇。

"是的,我从来没见过你的字。一开始我并没有多想,随后便慢慢留意到,有个地方有点奇怪……"

"你指什么?"

"你的画。我看过你画的油画,按理说应该见过'由香里'的签名。"

由香里的脸颊微微一颤,我继续说下去。

"那样的作品,绘画者理所当然地会把签名留在上面。然而,那幅画上仍然没有签名。我在看那幅画的时候总觉得少了点什么,就是因为没有签名吧。"

"我又不是著名的画家,所以签名什么的也没必要。"

"嗯,也许是吧。但是我频繁地回想起跟你在一起的回忆,越发感到事实并不是这样。你病房里的书架上全都是影集和图册。看到我的英文参考书的时候,你居然没有发觉那不是日语的。去咖啡店,你不看菜单就点餐。而且,我说会写信给你的时候,你的回答是'我看不了',而不是'我不会看的'。通过这些细节,我得出了一个推论。"

由香里表情僵硬,我望着她的眼睛。

"你是不是无法读写文字?"

由香里看向我,并没有回答。

"失读症……"

我低声说出这个词,由香里的身子猛地一震。

"患失读症的人可以正常对话,但就是不能读写文字。这属于高级脑功能障碍的一种,在脑卒中后遗症中比较常见。而蛛网膜下出血也是脑卒中的一种。"

由香里缓慢地抬起一只手,摸了摸自己的太阳穴,仿佛在确认那里面存放着一个"炸弹"。

"而另一方面,如果是颅内肿瘤的话,很少会出现失读的症状。我留意到了这一点,开始怀疑由香里和小由是不是身份对调了。会不会由香里脑中的'炸弹'不是颅内肿瘤,而是巨大脑动脉瘤。于是我到叶山岬医院查了病历,不是'弓狩环'的病例,而是'朝雾由'的。这样一来,我就发现了整件事的真相。医生写的诊疗记录,失读症的部分端端正正地写在一号纸上。"

我滔滔不绝地讲下去,觉得有些口干,于是舔了舔嘴唇。

"叶山岬医院没有采用电子病历,仍然在用活页夹式的纸质病历。所以,只要把写着名字和入院前病症的一号纸,以及活页夹封面上的名字交换一下,患者就对调了。我一直在患者基本信息页和封面名字是'弓狩环'的病历上记录你的诊察情况,其实那份病历被调了包。"

我不禁苦笑。

"其实上个月我特意去翻看小由的病历时,如果再留意一下,就能发现了——'朝雾由'的名字上标注着假名,读音跟'朝雾由香里'一样。"

我耸了耸肩。她——朝雾由香里垂下了眼帘。

"'理由'这个词中的'由',不光能读成'由'(YU),单是一个字也能读成'由香里'(YUKARI)。"

"你姓名的真正读法是'ASAGIRI YUKARI'(朝雾由香里)。正因如此,你才让我叫你'由香里'(YUKARI),而不是'弓狩'(YUGARI)。而被我称为小由的那位一头橙色短发的女子才是弓狩环。"

我长长地呼了口气,一口气说这么多话令人疲惫。由香里应该已经明白,我早已知晓事实的经过,只不过是想得到她的亲口确认。

沉默在两人之间蔓延,樱花时不时地飘落下来。由香里低着头,踌躇不决地开了口。

"我遭遇事故之后,用双亲的人身保险和赔偿金住进了叶山岬医院。小环……也就是被你称为'小由'的她,跟我是同期入院的。因为年龄相仿,境遇相似,我们很快成了好朋友。两人都是亲人去世,脑袋里同样埋着'炸弹'。"

我默默地听着由香里的讲述。

"小环有喜欢的人,不过她害怕离开医院会被亲戚袭击,所以无法去见他。"

"所以想到了身份对调？"

"是，是我想到的。我跟小环长相有点相似，那时候她也是黑色长发。从外面几乎是看不到三一二号病房的，而小环的亲戚在未来港的医院也只见过她两三面，一定不会注意到细节。"

"我们交换了病房，小环把黑色长发剪短，并染成了显眼的橘黄色。这样一来，她就可以在监视下无所顾忌地外出了。那儿果然是最大限度地实现患者愿望的医院，才会允许这么荒唐的事情发生。况且，那儿的护士原来还是美发师。"

咖啡店店主和南部医生都提到过许久未见的弓狩环气质大变。我一开始只想到了因为患病而消瘦之类的，看来他们说的是小环为了不让人认出自己，改变了发型。

"因为发型的缘故，不太熟悉她的人根本不会留意到那是小环。而我呢，原本就整天待在病房里，所以被监视也无所谓。只有立遗嘱叫亲戚来医院的时候，小环才戴了假发回到三一二号病房。虽然她很紧张，但那位亲戚也没有留意。"

由香里的表情稍微舒展开来。我想象着箕轮被蒙在鼓里的场景，哑然失笑。

"没告诉来医院实习的我实情,不会是担心我是亲戚派来的内应吧?"

"对。一开始听说有实习医生来,院长觉得奇怪,就把病历给对调了。"

所以那位院长看到我查看"朝雾由"的病历的时候,才会有那种应激的反应。

"不过呢,见面后我觉得碓冰医生并不是什么内应。我也跟院长说了,但他怎么也不信。"

由香里轻轻耸了耸肩。剑拔弩张的气氛有所缓和,我把心中的疑问说了出来。

"对了,为什么在旧遗嘱上,小环要留一笔钱给我?那时候我并没有跟她提起过。"

"小环感觉亏欠我,因为她,我才整天待在屋子里。碓冰医生改变了我日复一日的无聊生活,所以她想对你间接地表示感谢,跟我商量要拿什么作为谢礼,我就把你负债的事……"

由香里的声音越来越小。

怪不得,连这么细枝末节的情况都浮出水面了。我需要确认的事情已所剩无几。

"你无法外出的原因是恐惧文字吧?"

由香里面无表情地轻轻点头。

"光是文字的话问题不大,但到了失读症的程度,看到大量文字的时候,有一种被陌生符号包围的眩晕感,就好像被文字袭击了一样。"

由香里在叶山岬医院的痉挛正是发生在图书室前。对由香里来说,图书室中大量的书本和文字是非常恐怖的吧。因为过度紧张,才引起了癫痫发作。

"而且,还有对车的恐惧……"

由香里补充了一句,声音小得像蚊子一样。

交通事故导致蛛网膜下出血,并且让她失去了双亲,会有这种情况是理所当然的。跟我坐巴士去图书馆那天,由香里是在跟车辆和文字两种心理阴影作战,并最终战胜了自己的恐惧。

"身份对调之后,小环总是惦记着不能外出的我,拍了很多地方的照片给我看。"

由香里无比怀念地说起已经病故的好友。

"你画的就是那些照片吧。画咖啡店那条坡道的时候,你说过要送给'重要的人',指的就是小环吧。"

"是啊。小环拜托我的。她要用我的画装饰喜欢的人的咖啡店。"

"非常郑重地装饰在那儿呢。"

由香里的唇角绽开微笑。

"小环在上个月立的遗嘱中，提出留给我三千万，剩余的财产全部留给箕轮，其中的理由我可以理解。用遗嘱的形式确定下来后，虎视眈眈的遗产继承人也安心了，不会再加害她。因为跟小环的全部遗产相比，三千万日元并不是什么大不了的金额。可是最后，她却冒险决定把全部遗产都捐赠出去。那又是为什么呢？"

"之前小环一直想，全部的遗产在自己死后都留给亲戚也无所谓。自己不在了，钱财怎么样都没关系。"

由香里望向远处，仿佛正遥望着跟小环有关的回忆。

"所以即便是到医院外边去，她也没想到要改写遗嘱。万一被发现了，那个亲戚绝对会使出强硬的手段，甚至可能会杀了她，所以她一直很害怕。"

"既然如此，那为什么……"

"因为连我都能外出了。"

"这跟你外出有什么关系吗？"

我歪歪头表示不解。

"我害怕车和文字，整天待在房间里，居然都鼓足勇气克服了这些……当然是托你的福。"

由香里伸出手，轻轻碰了一下我的手腕。

"知道了这件事，小环也受到了鼓舞。她说'我整天光是害怕也不行啊'，于是也鼓起了勇气。她发现自己剩下的时间不多了，从上个月下旬开始，视线越来越模糊，行动起来也变得很困难，病情在不断地恶化。"

由香里用手遮住额头。

"所以，她说想留下点什么，比如自己曾经活过的意义，生而为人的意义。"

"曾经活过的意义……"

我重复了一遍。

"是的，这是小环身体状况恶化后经常跟我说的。自己活着，存在于这个世界上，到底有没有意义，而'自己'到底又是什么？"

由香里把双手交叠在胸前。"自己"是什么？小环和由香里这两位向死而生的女子，一定怀着相同的疑问，一起探寻着生命的答案。

"找到……答案了吗？"

我看着闭着眼睛的由香里，轻轻地问道。

由香里摇了摇头，没有睁开眼。

"嗯，不知道，也许根本就没有答案。但是小环一直很积极。她告诉我,既然不知道,那就自己决定人生的意义,这也不错呀!"

由香里睁开眼睛,仰望着樱树,模仿着小环的语气。

"说的就是改写遗嘱吧。"

"对。那样的话,就会有更多的人得到幸福,自己曾经活过这件事就会变得有意义了。小环是那么想的,所以改写了遗嘱,在余下的时间里想尽可能地跟喜欢的人在一起。这就是小环选择的生存方式。"

她也如愿以偿了。在咖啡店店主的怀中逝去的瞬间,小环一定是幸福的。

我深深地呼了口气,让心情平复下来。还剩最后一个问题想问。

"还有最后一个问题。"

我凝视着由香里。

"由香里,你为什么要从我面前消失?"

神情已经缓和下来的由香里,脸上再度被紧张的神色笼罩。

"小环去世后,牧岛律师事务所询问了叶山岬医院。你得知小环新立的遗嘱去向不明,很着急。如果旧遗嘱被执行,一定会有人跟继承三千万日元的我取得联系，我自然也就知道了小环在横滨身亡的事。我一直以为你就是'弓狩环'，怀疑里面有什么隐情，很可能会冲到医院去。"

我说出了自己的推断。

"想到这一点，你便拜托院长，让自己临时转到他朋友经营的这所医院，然后让我认定跟你有关的记忆全部是幻象。这样一来，我便会接受'弓狩环'的死亡，老老实实地回去了。"

我顿了一下，然后问由香里。

"为什么要这么做？"

我已经知道答案了，却想听由香里亲口说出来。

我默默地靠近由香里，屏住呼吸。

"由香里……我爱你。"

那一天我想倾诉的话，此刻极其自然地脱口而出。由香里突然抬起头来，脸上浮现出似哭非哭、似笑非笑的表情。

"为什么是我呢……你明知道我的脑袋里有一颗'炸弹'……"

"对啊，那有什么关系？"

"有关系！"

由香里大声说道，向我投来锐利的目光。

"这颗'炸弹'随时都会爆炸,喜欢这样的我,到底有什么意义?!"

"喜欢一个人,本身就是有意义的。"

我用温柔的语气说,由香里低垂的眼眸浸满了泪水。

"可是,碓冰医生你还有未来。你会成为一流的脑外科医生,以后会帮助很多人。有我在身边,只会成为你的负担。我一个人不能随意外出,连文字都读不了。事故发生后,我的大脑已经从内部开始慢慢走向崩溃了。"

"所以呢,你就选择从我面前消失?"

面对我的质问,由香里蜷缩着身体。我缓和了一下表情。

"当我发现这全是诡计的时候,真的很生气。然而转念一想,更多的却是欢喜。"

"欢喜……?"

"嗯。要人陪同才能勉强外出的由香里辗转搬到这里,内心需要经历多么大的挣扎。为了我,你居然做了这么多。"

"那是因为……"

"由香里,请告诉我,你对我是怎么想的?"

我靠近由香里，把手放在她搁在膝头的双手上。由香里垂下眼帘，陷入沉默，我静静地等待着答案。

一分钟、两分钟、三分钟……时间一点一点地流逝。终于，由香里那樱花般的嘴唇轻轻张开。

"……对不起。"

她没有看我，用细微的声音低语。

"对我没有好感？是这个意思吗？"

听到我的追问，由香里轻轻低下头。

"……你骗我的吧？"

"不是，是真的。真的很抱歉，但我一直只把你当成我的主治医生。对不起，请回去吧。"

由香里一边摇头，一边急促地说。

"那样的话，我离开叶山岬医院那天，你如实相告不就得了？为什么那天要抱住我？为什么要精心设计这一系列的事情，让我放弃呢？"

"是因为……"

面对词穷的由香里，我抛出了无可辩驳的证据。

"为什么把藏在地板下的画留在那儿了？"

由香里瞪大眼睛，我接着轻声说道："你想让我发现那些画，然后去找你……"

"是的！我是期待着你来找我。可是，我不能自私地剥夺你的未来！"

由香里大声说着，用双手捂住了脸庞。

"没有什么剥夺不剥夺的！"

我仿佛自言自语般说道，由香里抬头望着我，她的眼睛红红的。

"什么……"

我朝她微笑。

"我的未来，就是和你一起度过的每一天。"

"可是，你要成为脑外科医生，治病救人……"

"不当脑外科医生也可以治病救人啊。"

由香里激烈地摇头。

"还是……不行。我脑袋里可是有颗'炸弹'，可能明天就……"

"既然如此，那我们就珍惜今天的时光。"

我大声打断由香里无力的挣扎。

"我以前不是说过吗？谁都无法保证自己明天一定还活着。其实每个人都怀揣着一颗'炸弹'生存着，但是我们不能畏惧这颗'炸弹'，所以唯有把每一天都当作最后一天，努力地活下去。"

我轻轻牵起由香里的手，站起来。

在烂漫的樱花树下，在拼命抑制住呜咽的由香里面前，我从容地单膝跪下，像从叶山岬医院离职那天，由香里正在画的那幅画里的情景一样。

"由香里小姐，你往后的时光，请交给我吧。"

我从夹克内袋里取出一个小盒子，打开盒盖。由香里捂住嘴，失声惊呼，盒子里放着一枚小小的贝壳戒指，就是在叶山的咖啡店里售卖的那枚。

"请允许我拥抱你，连同你的'炸弹'一起。"

泪水汹涌而出，由香里并没有去擦，她凝视着我，颤抖着双唇说："……好！"

温暖的感觉流淌在心尖。此情此景已经不需要任何语言。我站起来，双手环抱住由香里纤细的身体。此时，一阵猛烈的风再次掠过我们身边。

在纷纷飘落的樱花中，我久久地拥抱着心爱的人。

尾声

"给，处方和文档都弄好了。"

我把一叠纸递给站在身边的护士长。

"辛苦了，碓冰医生，今天暂且告一段落吧。"

在和蔼的护士长面前，我摇了摇头。

"工作比想象的要多啊。实习的时候明明很轻松来着。"

"那当然，实习医生和全职医生可不一样，文档事务也更多，还要负责向患者家属说明病情之类的。今后的工作会更多啊。"

"……我会努力的。"

"找到了期待已久的第二位全职医生，院长也干劲十足，据说还要发展上门诊疗，增加病床数量呢。"

"哎呀，那么着急地扩大事业规模，真的好吗……"

从追着由香里到长野的医院那天算起，已经过去一个月了。三月里，我铆足干劲完成了初期临床研修，从四月开始成了这所叶山岬医院的全职医生。

那天在病历保管室，我向院长提的第二个要求，就是希望这家医院能聘用我当全职医生。院长看上去不情不愿，但对他来说，这说不定也是顺水推舟的事。

他最擅长那一套了。我敲着太阳穴从椅子上站起来。

"那么，辛苦啦。"

"啊，对了，碓冰医生，找到新的住处了吗？"

"还没有，正在找呢，但没有什么好房子。"

"那干脆一直住在那儿，不就好了吗？"

"那毕竟是……找到好的房子，还是要搬出去的。"

"多此一举，可以免费住那么好的房间。"

护士长夸张地叹了口气。

"你以为医院里住着全职医生，就可以支使他干杂活？"

"哎呀，露馅儿了。"

被我一说，护士长笑了起来。我鼓着腮帮子出了护士站，走在铺着长毛地毯的走廊里。不经意地往窗外望去，防风林深处是洒满夕阳余晖的大海。

我停下脚步，眯起眼睛。

前两天，好久不见的冴子打电话过来。她正在大学的诊疗室里，度过一天又一天充实的日子。

"哪天我过去看看你。我也得抓紧找命中注定的另一半了。"

喋喋不休地说完后，冴子就挂断了电话。对她一如既往的行事风格，我只有苦笑的份儿。

拍卖父亲留下的邮票的过程很顺利。只是拿到钱后，母亲并不想从鞘浦搬走，依旧做着往日的工作。小惠仍然为国立大学医学部的入学考试而努力。尽管金钱上有了富余，一切却仿佛都没有改变。父亲拼死守护着我们，知道了这一点，对我们全家来说比什么都重要。

太阳落到了海平面上。无法想象就在两个月前，我还对这样的风景无动于衷，每天过着紧张而忙碌的生活，不知错过了多少宝贵的东西。

那些日子里，我万事向钱看，把自己逼入了绝境。然而在这家医院，我遇到了一位大脑中埋着"炸弹"的女子，才深深体会到那在惯性驱使下耗费掉的一天又一天有多么珍贵。

我们为什么会生而为人，为什么又在这里？那个甩动着一头橙色短发、肆意欢笑的女子提出的问题,我仍然没有找到答案。也许根本就没有什么答案。不过,在被上天赐予的有限的时间里,在这奇迹般的时光里,珍惜当下的每一刻,说不定答案就自然而然地出现了。我就是这么想的。

我重新迈步朝长廊深处走去,在尽头左转,几步之外便是我想去的房间——三一二号病房。

我敲敲门,进了房间。

她坐在打开的窗户前,回过头看到我,温柔地微微一笑。

"欢迎回来,苍马。"

我品味着幸福,朝着将与我一起度过这梦幻般美好时光的女子走去。

"我回来了,由香里!"